Classiques & Contemporains

W0186526

Albert Cossery

Les Hommes oubliés de Dieu

Présentation, notes, questions et après-texte établis par

NATHALIE GOUIFFÈS
professeur de Lettres

MAGNARD

© Éditions Gallimard.
© Éditions Magnard, 2005, pour la présentation, les notes, les questions et l'après-texte.

www.magnard.fr

Sommaire

ALBERT COSSERY, PRINCE MENDIANT

Égyptien d'expression française, né au Caire en 1913, Albert Cossery n'a jamais écrit qu'un seul livre ; ses neuf ouvrages (à l'exception d'*Une ambition dans le désert*) abordent tous le même thème, celui des Cairotes déshérités mais libres, seuls à mériter sa considération, car étrangers à la vanité et la violence des nantis matérialistes.

Pourtant, rien ne semblait prédestiner Cossery à sonder les difficultés des plus démunis : issu d'une famille chrétienne relativement aisée, il poursuit toute sa scolarité dans des écoles françaises, lit les classiques (Stendhal, Dostoïevski, Nietzsche, Baudelaire), écrit des romans en langue française dès l'âge de 10 ans et, à 17 ans, effectue un voyage à Paris pour y poursuivre ses études… qu'il délaisse ensuite avec délice. Dans ce rejet du travail s'exprime déjà toute la philosophie qui guidera son existence : n'être l'esclave de rien ni de personne, au nom d'une liberté qui passerait par le dénuement et la seule contemplation du monde. Il stigmatise ainsi l'argent : « Je hais l'argent et l'ambition, ils sont la cause de tous les malheurs du monde. En Orient, lorsqu'on a de quoi vivre, on ne travaille pas. Mon père et mon grand-père n'ont jamais travaillé. Ils n'étaient pas riches, mais les terres qu'ils possédaient nous permettaient de vivre bien. En cas de problème, ma mère vendait un bijou. En Occident, plus on a d'argent, plus on en veut », confie-t-il.

C'est de cette époque, alors que l'auteur a entre 18 et 20 ans, que date la rédaction des nouvelles qui composent *Les Hommes oubliés de Dieu*, recueil publié tardivement, en 1940. Après la guerre, Cossery regagne Paris, où il s'installe définitivement, emporté dans une fête permanente, sans souci du lendemain. Il vivra sans cesse à l'hôtel, occupant, depuis 1951, la même chambre dépouillée à l'extrême de l'hôtel La Louisiane, en plein Saint-Germain-des-Prés. Là, il côtoie les plus grands artistes et écrivains, noue de solides amitiés (Camus, Giacometti, Queneau, Vian), et cultive cet art de la paresse hérité de l'Égypte qui ne le quittera jamais – non la paresse stupide, mais l'oisiveté, indispensable à la réflexion. Il publie aussi parfois un roman, en toute parcimonie, et pour le seul plaisir. Ainsi, en 1955, paraît son œuvre la plus célèbre, *Mendiants et Orgueilleux*, adaptée au cinéma. Citons aussi, notamment, *Les Fainéants dans la vallée fertile* (1948), *La Violence et la Dérision* (1964) ou, plus récemment, *Les Couleurs de l'infamie* (1999). Plusieurs récompenses consacrent sa carrière d'écrivain : en 1990, il obtient le grand prix de la Francophonie décerné par l'Académie française pour l'ensemble de son œuvre suivi, en 1995, du grand prix Audiberti ; en 2000, il remporte le prix Méditerranée.

Son œuvre, intemporelle et universelle, débusque avec finesse et humour l'absurdité du monde et magnifie les pauvres, seuls « vrais aristocrates ». Adulé par la critique, entouré de lecteurs de plus en plus nombreux, Cossery invite qui veut l'entendre à se détacher de toutes les valeurs, de tous les dogmes, c'est-à-dire à faire « sa propre révolution ».

CONTEXTE HISTORIQUE ET LITTÉRAIRE

L'Égypte moderne en quelques dates

1805-1849 : Règne de Mohammed Ali, fondateur de l'Égypte moderne.
1869 : Ouverture du canal de Suez.
1882 : Occupation britannique.
1914 : Établissement officiel du protectorat britannique.
1922 : Le sultan Ahmed Fouad est proclamé roi ; l'Égypte devient indépendante.
1936 : Avènement de Farouk Ier, fantoche manipulé par les Anglais.
1952 (23 juillet) : Coup d'État des « officiers libres » ; Farouk abdique.
1953 : Proclamation de la République.
1954 : Gamal Abdel Nasser devient président.
1956 : Nationalisation du canal de Suez ; brève intervention militaire franco-britannique. Guerre avec Israël.
1958-1961 : Formation avec la Syrie de la République arabe unie.
1960-1970 : Construction du barrage d'Assouan.
1967 : Guerre des Six-Jours avec Israël : l'Égypte perd le Sinaï.
1970 : Mort de Nasser ; Anouar el-Sadate lui succède.
1973 (octobre) : Guerre du Kippour contre Israël.
1975 : Réouverture du canal de Suez.
1979 : Accords de Camp David entre l'Égypte et Israël (restitution du Sinaï par l'Égypte et reconnaissance de l'État hébreu par l'Égypte).
1981 : Assassinat de Sadate ; élection à la présidence d'Hosni Moubarak.

1990 : Durant la guerre du Golfe, l'Égypte se range aux côtés des grandes puissances occidentales.

1997 : Attentats terroristes contre des touristes.

2002 : Inauguration de la Grande Bibliothèque d'Alexandrie.

Comme bien des Égyptiens, Albert Cossery perçoit dans le gouvernement de Nasser un âge d'or révolu ; il voue une véritable passion au raïs, « le seul qui ait fait du vrai socialisme » en dépossédant les grands propriétaires de leurs terres, nationalisées suivant le modèle soviétique. Pourtant, les clivages sociaux persistent.

La société égyptienne

La société est plus que jamais hétérogène, divisée entre nantis et déshérités, de plus en plus nombreux : près du quart de la population égyptienne vit aujourd'hui au-dessous du seuil de pauvreté, et la moitié d'entre elle ne sait ni lire ni écrire ; quant aux paysans, souvent démunis, ils constituent encore plus du tiers de la population. Les inégalités sont particulièrement frappantes en Haute-Égypte et au Caire ; la capitale cumule les maux, avec un urbanisme mal maîtrisé, un habitat et des conditions de vie en nette dégradation, et une pollution étouffante.

Pourtant, dans ces bas-fonds surpeuplés où la vie est devenue plus dure que dans la jeunesse de Cossery, les Cairotes n'ont rien perdu de leur humour. L'auteur en témoigne, lui qui a fréquenté avec assiduité les quartiers pauvres : « Le peuple égyptien est un peuple pacifique qui n'a pas de haine. C'est pourquoi, d'ailleurs, dans la pire misère, il trouve le moyen d'être joyeux et sarcastique sur le monde qui l'entoure », dit-il.

Aussi les Cairotes se côtoient-ils avec philosophie – musulmans et coptes, fonctionnaires et artisans – dans cette ville tentaculaire, qui compte aujourd'hui 20 millions d'habitants (77 millions en Égypte), contre 2 millions du temps de Cossery. Il était alors plus aisé de rencontrer des intellectuels.

La littérature moderne en Égypte

L'histoire de la littérature moderne égyptienne remonte au début du XXe siècle, à une époque où deux courants principaux se côtoient : une veine traditionaliste, incarnée par Muhammad Husay Haykal, dont on s'accorde à dire que son œuvre *Zaynab* (1914) est le premier roman arabe moderne ; et une veine francophone, renforcée par le mouvement de protestation nationaliste à l'encontre de la domination politique anglaise. Ce courant compte de nombreux représentants, comme Albert Cossery, Georges Henein, Joyce Mansour et Andrée Chedid.

C'est à Naguib Mahfouz, né en 1911, que revient la lourde charge de représenter aux yeux du monde le génie national ; il faut dire qu'il est le premier romancier arabe à avoir reçu le prix Nobel de littérature en 1988 ; on lui doit notamment *Passage des Miracles* et la trilogie *Impasse des deux palais*, qui retrace la saga d'une famille dans le quartier musulman du Caire où il passa son enfance.

Du côté des auteurs arabophones, citons également Taha Hussein (*Le Livre des jours*, 1947), Youssef Idris (*Des nuits à bon marché*, 1954), Gamal Ghitany (*Les Délires de la ville*) et la féministe Naoual el Saadaoui (*Ferdaous, une Voix en Enfer*).

Tous forment, avec Cossery, une constellation littéraire féconde et exigeante.

Réception de l'œuvre

Le recueil *Les Hommes oubliés de Dieu* a d'abord été publié au Caire en 1940, simultanément en arabe, en français et en anglais. Sa parution assure à Cossery un succès immédiat auprès des écrivains et des critiques littéraires. Lawrence Durrell, auteur du *Quatuor d'Alexandrie* (1957-1960) et grand ami de l'auteur, s'empresse d'envoyer le livre à son complice Henry Miller, lequel, enthousiaste, en assure la réédition aux États-Unis à la fin de la guerre. Il ne tarit pas d'éloges sur Cossery, écrivant en 1945 : « Aucun écrivain vivant, à ma connaissance, n'a décrit de façon plus poignante et plus implacable la vie de ceux qui, dans le genre humain, forment l'immense foule engloutie. Il touche à des profondeurs du désespoir, de la déchéance et de la résignation que ni Gorki ni Dostoïevski n'ont enregistrées. » Il ajoute : « Pour moi, le livre fut une surprise complète. [...] C'est le genre de livre qui précède les révolutions et engendre la révolution, si du moins la langue de l'homme possède un quelconque pouvoir. »

En France, c'est Albert Camus qui conseille à l'éditeur franco-algérien Edmond Charlot de rééditer le recueil. Ce sera chose faite en 1946, soit un an après l'installation définitive de l'auteur à Paris. Si sa diffusion reste alors confidentielle, les lecteurs, eux, sont conquis, fascinés par le thème abordé et le regard rieur que Cossery porte sur le monde.

Enfin, en Égypte, les censeurs ont tôt fait de s'attaquer aux nouvelles du recueil, au nom de leur caractère corrosif, voire subversif. Il est vrai qu'elles dénoncent, souvent avec vigueur, l'ordre social, et en appellent, quasi ouvertement, à la révolte.

L'ŒUVRE

Les nouvelles qui composent *Les Hommes oubliés de Dieu* dessinent l'univers que Cossery ne cessera d'exploiter par la suite : mendiants nonchalants à l'humour aussi grand que leur désespoir, miséreux peu travailleurs, personnages hauts en couleurs qui évoluent dans les quartiers pauvres du Caire – la capitale égyptienne étant elle-même un personnage à part entière.

Dans « Le facteur se venge », le sommeil est l'élément naturel du repasseur Hanafi, qui trouve dans les rêves un exutoire à la dure réalité sociale. Il est dérangé dans sa paresse par le facteur Zouba, haï de tous les habitants du quartier, car sa fonction fait de lui un émissaire du malheur. Pourtant, si Zouba ne se dérobe pas aux vexations qu'il subit quotidiennement en effectuant sa tournée, c'est qu'il s'est assigné une « tâche sublime » qu'il confie au placide Hanafi : ressusciter ces morts-vivants que sont les pauvres en leur apportant « la liberté et la culture ».

Dans « Le coiffeur a tué sa femme », l'architecture sociale se précise : la nouvelle confronte Chaktour le ferblantier, qui cherche à comprendre les raisons qui ont poussé le coiffeur à empoisonner son épouse, au nanti Gohloche, gendarme de profession. Le cruel agent raille la misère du ferblantier, puis s'enorgueillit d'avoir durement réprimé, la veille, la rébellion de quelques balayeurs. Chaktour pressent confusément qu'une même volonté unit ces deux manifestations de violence, et comprend *in fine* que le salut des pauvres passe par la révolte.

« Danger de la fantaisie » oppose le professeur de mendicité Abou Chawali, partisan du réalisme le plus pur et réfractaire à toute innovation d'ordre esthétique qui ôterait au mendiant son honneur, au lettré Tewfik Gad qui, estimant que les nantis n'aiment pas être perturbés, aimerait maquiller la misère. Pour tous les deux cependant, l'avenir se limite aux seules latrines publiques vers lesquelles ils cheminent.

Comme chaque soir, l'ancien acteur Sayed Karam, protagoniste de la nouvelle « Les affamés ne rêvent que de pain », contemple de sa fenêtre les allées et venues de l'étudiant Adri, amoureux éconduit. Mais ce soir-là, la lune qui inonde la rue de sa clarté impitoyable lui révèle la misère qui l'environne et rend vain son désir de révolutionner le monde avec des idées extravagantes : la douleur est omniprésente, jusque dans la chair de sa bouleversante maîtresse, Raya, qui épuise ses dernières forces à travailler pour les faire vivre, tous deux. Douleur et désespoir lui dictent alors le sens que revêtira désormais son existence : vivre signifiera combattre « les puissances barbares » pour conduire les miséreux vers une existence meilleure.

Face à l'aliénation qu'une société absurde impose aux défavorisés, les personnages de ce recueil postulent ainsi deux attitudes : se révolter, ou se résigner et être ainsi délivrés – paradoxe apparent qu'Albert Cossery exaltera dans les romans qui suivront : ses personnages, rebelles pacifiques et inactifs, cultiveront la pauvreté pour n'avoir rien à perdre. La vie sera leur seul et sublime intérêt.

Albert Cossery

Les Hommes oubliés de Dieu

Le facteur se venge

Il faisait terriblement chaud.

Rue de la Femme-Enceinte, le facteur s'arrêta, comme il le faisait chaque matin, devant la boutique de Hanafi le repasseur.

– Salut sur toi, dit-il.

Le repasseur, qui sommeillait comme toujours, souffrit en son âme de cette intrusion journalière et inévitable. Lentement, il ouvrit les yeux et regarda le facteur avec l'air hébété qui le poursuivait depuis sa naissance. Il aurait bien voulu se frotter les yeux, mais ce geste demeura à accomplir, il se trouvait toujours paralysé par des scrupules étranges et sans nom. À part cette inertie contagieuse, c'était l'homme le plus ordinaire du quartier.

Il répondit au salut du facteur, puis retomba dans son sommeil primitif, essentiellement vain, sans heurt, sans effort, lourd comme une pierre qui glisse au fond de l'eau. Le sommeil était son élément naturel.

Mais le facteur ne l'entendait pas ainsi. Ce matin-là, il avait besoin de parler à Hanafi d'une affaire exceptionnelle et qui l'inquiétait beaucoup. L'expression de son visage dénotait, il est vrai, une certaine appréhension, mais de nature purement médiocre et par là même rendue plus saisissante. Comme on le verra par la suite, cette appréhension du facteur n'était pas tout à fait sans excuse. Entre lui et les habitants de la rue de la Femme-Enceinte les rapports étaient très tendus. Toutefois, il s'enhardit jusqu'à dire :

– Réveille-toi, Hanafi !

– Qu'est-ce encore ? demanda le repasseur avec sa voix chargée de sommeil.

– Oh ! rien du tout. Il y a seulement que j'ai une lettre pour toi.

Cet acharnement du facteur à le réveiller parut à Hanafi le sommet de la cruauté humaine. On n'imaginait pas pareille persécution. Parce qu'il savait lire et écrire, ce malheureux facteur devenait un véritable poison. Il s'appelait Zouba. Il s'était fait rosser[1] dans le quartier, à plusieurs reprises, mais il y revenait quand même. Impossible de le dégoûter. Ainsi, pour satisfaire aux exigences du service, risquait-il, chaque jour, de retourner chez sa femme sur une civière de l'assistance publique. On en voulait surtout à son uniforme de toile kaki qui irritait les esprits par son aspect militaire et presque belliqueux[2]. L'administration des postes avait dû le pourvoir, un certain temps, d'un brave gendarme qui l'escortait dans ses pérégrinations[3] à travers ce quartier hostile et dénaturé.

L'homme était court et fluet. Tout dans son aspect favorisait la malveillance et attirait l'hostilité. Avec son grand sac postal qui lui pendait au côté, il avait l'air d'un produit falsifié de l'espèce humaine, une sorte d'inconvenance particulière et très significative. Les petits voyous du quartier, pendant qu'il faisait sa tournée, lui caressaient souvent son maigre derrière, d'un coup de main habile et joliment obscène. Alors lui les insultait poliment comme un homme instruit.

Ce métier ingrat, avec tous les dangers qu'il comportait

1. Frapper.
2. Qui aime la guerre (du latin *bellum*, « guerre »).
3. Déplacements incessants.

en pareil cas, lui faisait croire en un certain héroïsme de sa part. Il avait commencé à porter des lunettes rien que par supériorité.

Le repasseur, comme un plongeur qui sort de l'onde, reparut à nouveau à la surface de la vie. Il rapportait avec lui tout un assortiment de jolis rêves qui, à peine touchés par la lumière du réveil, devinrent tristes et ternes, perdirent leur vraisemblance de rêves pour n'être plus que fragments de vie réelle, effrayants, pleins d'anxiété et de tourments. Et il s'en voulait de s'être toujours montré faible avec cet assommant facteur. Le voici maintenant qui voulait l'empêcher de dormir. Mais est-ce que le ciel allait permettre un tel crime ? Où étaient donc l'humanité et les hommes humains et toute la civilisation ? Il s'écria pour paraître méchant, mais sans conviction, annihilé par le sommeil :

– Que dis-tu ? fils de chien ! Une lettre pour moi ? Quel est donc ce maquereau qui s'amuse à m'écrire ? Tu peux la garder ta sale lettre ou la donner à ta mère. Je n'en veux pas. Tu te moques de moi, facteur du diable !

Sa résolution était strictement sincère, en parfait accord avec sa nature indifférente et paresseuse. Il ne voulait rien savoir de cette lettre. C'était ainsi.

Le facteur aurait pu la lui laisser et partir, mais, pour comble de malheur, c'était une lettre recommandée. Aussi comment faire pour le décider à signer la feuille de réception ? Zouba savait que cela ne serait pas facile. Le repasseur avait des principes tellement en dehors de toute réalité existante, qu'il était impossible de le convaincre aisément de quoi que ce fût.

– Par Allah ! Hanafi mon frère, je ne me moque pas de toi ! C'est bien une lettre à ton nom. Et une lettre recommandée encore.

– Je n'en veux pas, te dis-je, fils de chien ! Une lettre recommandée ; elle n'est sûrement pas à moi.

– Elle est à toi ; tiens regarde là ! Il n'y a pas une personne au monde capable de déchiffrer comme moi une adresse. Si seulement tu voulais signer...

Il prononça ces derniers mots en hésitant, parut réfléchir à quelque chose de banal et d'inexistant. Puis toute son âme lui conseilla d'attendre, de ne pas en dire davantage.

Le repasseur, qui avait baisé sa femme toute la nuit, succombait facilement sous la longueur des dialogues. Il n'aimait pas les grandes conversations, surtout durant la journée. Cette histoire de lettre recommandée lui paraissait invraisemblable, quelque chose comme un guet-apens. Comme il ne savait pas lire, il lui fut impossible de reconnaître son nom sur l'enveloppe que lui présentait le facteur.

Après une abrutissante discussion – qui dura près d'un quart d'heure –, il voulut bien griffonner une sorte de pyramide renversée en guise de signature. Mais il se consolait en pensant qu'avec une semblable signature il se foutait de l'administration, de cette grande et fière administration, qui employait à son service une infinité de gens comme Zouba. C'était toujours ça de gagné.

– Et maintenant, fils de chien, tu vas me lire ça ou je te tue.

Le facteur, flatté dans son intellectualisme, se mit avidement à la besogne. Il allait pouvoir montrer à cet ignorant de repasseur de quoi il était capable.

La rue de la Femme-Enceinte (ainsi nommée à cause de ses habitantes toujours en état de grossesse) occupe à Manchieh, quartier indigène[1] de la ville du Caire, une place prépondérante et distinguée. La plupart de ses habitants mâles vivent d'une façon miraculeuse et battent leurs femmes presque chaque jour. Cela explique en partie son ascendant[2] sur les autres rues du quartier où l'élément féminin prédomine sans restriction. Ici, c'étaient les hommes qui régnaient et ils régnaient d'une manière inéluctable[3].

Par mesure d'hygiène, ils avaient dû bannir un certain nombre de bruits néfastes, dans l'ordre naturel de la rue. Ce furent les vendeurs ambulants qui, les premiers, souffrirent des représailles. Car ces êtres barbares arrivaient dès six heures du matin et criaient comme des prostituées leurs ignobles comestibles qu'ils comparaient, sans pudeur, à des fruits rares. Dans ces conditions, le sommeil matinal, si cher à nos paisibles habitants, devenait un luxe très compliqué, une espérance d'un genre fabuleux. Plusieurs mois suffirent à peine pour se débarrasser de ce fléau. Mais dans le même temps que durait la guerre contre les vendeurs ambulants, on s'attaquait aussi aux automobilistes et à une foule d'autres embêtements sonores et

1. Qui abrite des habitants nés au Caire, par opposition au quartier européen.
2. Influence.
3. Implacable.

désagréables aux songeries perpétuelles. Bref, on fut sans pitié pour tous ces perturbateurs du repos public. Les exemples de férocité envers les délinquants abondaient. Comme, entre autres, ce marchand de légumes qu'on trouva un beau matin renversé sur sa baladeuse[1], dans l'attitude d'un qui fait semblant de dormir et qui était tout simplement mort.

L'enquête policière amena une découverte sensationnelle. Non pas celle de l'assassin, car celui-ci ne se fit pas longtemps rechercher, mais une découverte d'un autre intérêt, profondément humaine. Le marchand de légumes avait succombé, paraît-il, sous la pression trop forte d'un pot de chambre en terre cuite que lui avait lancé sur la tête, de la fenêtre de son taudis, Radwan Aly, l'homme le plus pauvre du monde. Et voici où se nichait le trait humain : le pot de chambre en terre cuite, avec lequel Radwan Aly avait assommé le marchand, était son seul et unique meuble et il l'avait sacrifié pour sauvegarder le sommeil matinal de toute la rue. Devant un pareil sens du sacrifice, les gens de la police eux-mêmes demeurèrent confondus.

Maintenant, la rue étant relativement calme, on pouvait sommeiller jusqu'à midi, sans être aucunement gêné par les bruits extérieurs. La chaleur était extrême et devenait franchement mauvaise. Hanafi attendait, perplexe, l'issue de cette néfaste lecture. Il était torturé par le sommeil.

– Alors, qu'est-ce que c'est ? finit-il par demander.

---

1. Petite voiture de marchand ambulant.

Le facteur prit un air docte[1] et prononça d'un ton tout à fait convaincu :

– C'est une lettre de Chantouh le boucher.

– Chantouh le boucher ! Eh bien qu'est-ce qu'il me veut, celui-là encore ?

– Il me semble comprendre, mon cher Hanafi, que tu lui dois quelque chose.

– Moi, je lui dois quelque chose ! Quelle chose ? Zouba, fils de ta mère, vas-tu cesser de me torturer ? Par Allah ! tu n'es pas un facteur, tu es une ruine. Zouba, mon fils, je t'aime... Laisse-moi seulement tranquille.

Mais Zouba restait inflexible. Ce travail littéraire l'intéressait au plus haut point. En vérité certains termes de la lettre échappaient totalement à sa compétence. Il se trouvait en face d'une littérature riche et perverse dans le choix de ses vocables. Chantouh le boucher avait dû la faire rédiger par un écrivain public d'un talent et d'un zèle peu communs.

Pour plus de précision Zouba la relut encore deux ou trois fois, puis il conclut définitivement :

– Hanafi, mon frère, tout cela est très simple... Ta boutique appartient au boucher Chantouh... Tu ne lui as pas payé le terme[2] depuis six mois. Alors il a l'obligeance de te faire savoir que si, dans les vingt-quatre heures, il ne rentre pas en possession de son argent, il te fera saisir. C'est tout.

1. Savant.
2. Loyer.

– Il me fera saisir ? Et puis après ?

Le facteur, qui escomptait un triomphe, fut dégoûté par cette réponse inattendue.

– Je te laisse, dit-il. Salut sur toi.

– Reste ici, fils de chien ! Facteur de malheur ! je me doutais bien que tu ne pouvais m'apporter que le deuil. Dis-moi : il va saisir la boutique ?

– Ce qu'il y a dans la boutique.

– Mais il n'y a rien dans la boutique !

Cette constatation était nettement élémentaire. On n'avait pas besoin de se fatiguer les yeux pour s'apercevoir que cette boutique de repasseur dégénérait lentement en désert. À part une grande table de bois recouverte d'une étoffe grise qui servait anciennement au repassage, on n'y trouvait que de rares objets sans consistance et d'ailleurs effacés par la saleté et la pénurie[1] du lieu.

– Certainement, il vendra les fers à repasser, dit Zouba.

– Les fers à repasser ! Eh bien je l'assommerai avec, avant qu'il n'ait le temps de les vendre, ce fils de prostituée !

Ces fers à repasser restaient abandonnés dans l'arrière-boutique, complètement rongés par la rouille, et pareils à des curiosités archéologiques. Tout, d'ailleurs, dans cette arrière-boutique, semblait sortir de quelque fouille récente. C'est là aussi que, certaines nuits, les personnalités avantageuses du quartier venaient goûter aux délices prohibées du haschich. En ce sens,

---

1. Le dénuement.

la boutique de Hanafi avait dans tout le quartier une importance capitale.

Ce coup imprévu, porté par le boucher, allait renverser l'état d'un ordre établi pour l'éternité. Où fumera-t-on la drogue ? Il fallait remédier au plus vite à ce désastre immédiat et terrible.

– Crois-tu qu'il soit très riche ? demanda le facteur.

– Qui donc ?

– Mais Chantouh.

– Bien sûr qu'il est riche ; toute cette boutique lui appartient, répondit Hanafi qui croyait que le fait de posséder sa propre boutique constituait une fortune colossale. L'odeur du haschich qui persistait encore dans l'air était pour beaucoup dans cette évaluation. Un endroit où l'on avait fumé la drogue prenait, dans l'esprit du repasseur, une importance de lieu saint.

– Alors, que vas-tu faire ? s'inquiéta le facteur qui voulait s'en aller, mais attendait que Hanafi trouvât une solution à son malheur.

– C'est bien simple, je vais aller battre ma femme, fit Hanafi d'une voix sombre et fatale. Il n'y a pas d'autre moyen.

– Pourquoi, c'est elle qui a l'argent ?

– Non, c'est ma belle-mère. Et elle n'aime pas voir battre sa fille. Elle a du cœur. Alors tu comprends ?

Le facteur comprenait très bien. Mais il était outré par ces mœurs. En homme supérieur et instruit, il se taisait.

– Me voici obligé d'aller battre cette fille perdue, reprit le repasseur. Elle crie si fort qu'elle pourrait, à elle seule, remplacer une assemblée de pleureuses[1] dans une cérémonie funèbre. Et l'on dira encore que je fais de l'esclandre[2], que le bruit qui sort de mon sous-sol dénature l'existence et rend malade toute la rue. Mais comment faire ? Il faut pourtant que je paye ce maudit Chantouh. Sans cela, adieu les séances de haschich. L'idée de se lever le travaillait depuis un instant. Il ordonna au facteur : « Attends-moi là. Et surtout ne bouge pas, j'ai encore besoin de toi. »

D'un mouvement lent, profondément inutile et en dehors de l'existence, il abandonna le siège sur lequel il était comme cloué depuis le matin, puis il s'étira à plusieurs reprises, et bâilla d'une manière dégagée, sublime. Sa galabieh[3] blanche tirait sur un gris lamentable. Il n'était pas sale seulement par pauvreté, mais par simple oubli de toutes les choses étrangères à son rêve intime, son rêve noble, tellement précieux et divin qu'il avait peur de le perdre en route s'il bougeait, s'il faisait seulement le moindre geste. Et toute sa personne fondit dans la boutique, s'éparpillant dans l'atmosphère, quand – ayant rejeté le sommeil – il entra dans l'action comme une chose brève et dérisoire.

Il passa dans l'arrière-boutique pour chercher un informe morceau de bois qui lui servait de matraque.

Le soleil, là-haut dans le ciel, épouse la terre en des étreintes folles. L'air est chargé de plaintes semblables aux cris étouffés

1. Femmes payées pour pleurer aux funérailles ; l'importance du défunt se mesure au nombre de femmes qui pleurent pour lui.
2. Du scandale.
3. Robe longue, à capuchon et manches larges, portée par les hommes (appelée aussi *gallabiyya*).

d'une vierge qu'on déchire. Une substance chaude pénètre, coule à travers la vie, brûlant les êtres, réveillant des monstres dans les corps des enfants sans défense, saccageant tout dans sa rage infernale, et donnant soif, soif à tout : aux lèvres, à l'âme, aux yeux, à la chair. Ah ! qui délivrera les hommes de cet enfer ? des tourbillons de poussière qui aveuglent, de la poussière qu'on respire, qu'on avale toujours et partout ; de la sueur, qui vous noie avec son eau tiède, dégouline le long de votre peau et fait vos vêtements les plus légers, insoutenables, poisseux, jusqu'à vous donner envie de mourir. Des excréments doivent sécher quelque part au pied d'un mur, sans compter les mouches, l'horrible peuple des mouches, se posant en vainqueur sur les plaies, cherchant nourriture au creux des orbites crevées et saignantes ; près des nez enfantins où la morve luisante attire leur essaim[1] affreux ; empoisonnant la grossière nourriture destinée aux pauvres, aux pauvres qui ne peinent plus, qui ne bougent plus, parce qu'ils sont dégoûtés du monde et de toutes ces choses.

Hanafi revint et posa sa matraque près de lui sur la table. Il n'était pas encore tout à fait décidé quant à aller battre sa femme. Toute sa fatigue lui déconseillait un acte aussi plein de mouvement.

– Est-ce que tu frappes ta femme, toi, Zouba ? demanda-t-il au facteur.

– Moi, frapper ma femme ! dit Zouba offusqué. Pour qui me

1. Groupe.

prends-tu donc, pour un fellah[1] ! Je respecte ma femme et elle aussi me respecte. Elle sait quel homme intelligent je suis.

– Écoute, Zouba, dit le repasseur, il serait préférable pour toi que tu mettes une galabieh. Ce costume militaire ne te va pas du tout. Non, par Allah ! il ne te va pas du tout. Crois-moi, tu me fais pitié.

– Garde ta pitié pour toi-même et pour tous les fils du quartier. Moi je n'en ai pas besoin, je suis un homme supérieur. Vous aurez beau me haïr et me persécuter, je serai toujours plus fort que vous.

– Et comment cela ? demanda Hanafi sceptique. Toutes les invraisemblances de ce matin l'avaient secoué. Il ne savait pas encore ce qui le retenait d'égorger le facteur.

Rumeur de feuilles sèches et d'insectes bourdonnants. La moindre vibration de la matière est perceptible à l'oreille. Les hommes dorment. Plus digne devient le temps débarrassé des hommes et de leurs éternelles palabres[2]. L'embrasement continu d'alentour rend l'attente insupportable et comme lourde de conséquences. Zouba balance entre son désir de se manifester pleinement, de tout dire, et sa crainte native[3] des représailles. Mais déjà il sent qu'il en a trop dit, que, s'il s'arrêtait à présent, cela n'amènerait, au contraire, qu'à une fausse conception de sa pensée. La catastrophe paraît ainsi inutile à

1. Les fellah (ou fellaheen) sont des paysans ou des ouvriers agricoles ; dans les années 1920, ils composent la majorité de la population égyptienne.
2. Discussions interminables et inutiles.
3. Innée.

Zouba qui veut lui donner son véritable cachet de grandeur. Non, le mieux serait de ne plus attendre. L'occasion ne se présenterait peut-être plus désormais. Et ce Hanafi n'est pas très méchant. Zouba a confiance en lui, le sait de nature plutôt passive, pourvu qu'on le laisse dormir. Alors, de quoi aurait-il peur ? Il n'y a personne dans la rue, personne non plus auprès d'eux pour les écouter. Quelque chose lui dit que cet instant aura une influence décisive sur sa destinée.

De loin, arrivent les miaulements d'une chatte affamée. Dans une cour voisine, un vieux palmier tordu laisse chuter ses dattes trop mûres. Le bruit sec qu'elles font en tombant dans la poussière pénètre le cœur comme un coup de couteau. Car les chutes sont largement espacées et, entre chacune d'elles, il y a un moment d'angoisse. Et Zouba, à mesure qu'il se tait, sent son angoisse devenir plus insinuante[1], mystérieuse et tenace comme une envie de forniquer. Se taire, se taire jusqu'à quand ? Il se retourne du côté de la rue, regarde une dernière fois pour s'assurer s'il n'y a pas le moindre petit animal qui puisse l'entendre, et puis murmure à l'oreille du repasseur :

– Eh bien, je m'en vais te le dire ! Songe donc, Hanafi, que j'ai là, dans ce sac, tous les secrets du quartier. C'est quelque chose cela, n'est-ce pas ? Imagine de petites histoires enfermées dans un sac que je trimballe suivant ma fantaisie. Je pourrais peut-être les jeter dans un égout. Mais non, je préfère m'instruire de leur contenu, délirer sur leurs textes et savoir où vous

1. Pénétrante.

en êtes encore de votre absurde existence. Tu te rends compte de mon importance maintenant ?

– Non, pas du tout. Tu divagues, pauvre malheureux.

– C'est vrai que tu n'es pas très intelligent, il va falloir que je m'explique. Tu vas voir comment je vous possède. Écoute, Hanafi, toutes ces lettres, que j'ai là en ma possession, que représentent-elles pour vous, pour vous qui ne savez pas lire ? Rien qu'un tas de papier, n'est-ce pas ? Pas un d'entre vous ne saurait déchiffrer l'une de ces lettres qu'il reçoit par mes soins. C'est toujours à moi de vous les lire. Tu me saisis, maintenant ? Tous vos embarras, tous vos débordements, tous vos vices, je les connais dans leurs détails les plus mesquins et les plus dégoûtants. Ah ! Hanafi, mon cher, tu ne sauras jamais ce que peut cacher une lettre.

Qu'est-ce donc qui le pousse à exhaler[1] ainsi ces pensées secrètes, qu'il gardait au plus profond de son âme, comme la consolation méritée de son sacrifice, sa gloire cachée, mais certaine ? Il n'aurait su le dire. Cela montait en lui, malgré les années de patience tenace, débordait avec étrangeté et précision, risquant de tout compromettre. Mais il ne pouvait plus s'arrêter.

– Oui, on ne peut rien me cacher. Je sais tout, te dis-je.

Il se mit sur la pointe des pieds et il lui sembla devenir pareil

1. Exprimer.

à un haut minaret[1], dominant tout de sa hauteur, les gens de ce quartier et ceux des autres quartiers encore, tous écrasés par la sagesse émanant de sa parole, lui, le prophète[2], le lumineux prophète enfin reconnu. Et ses yeux, flamboyant derrière les verres de ses lunettes, lançaient des éclairs comme ceux des animaux féroces au moment de mordre leur proie. Le repasseur resta un instant ébloui par cette métamorphose du facteur. Il dit, effrayé et parce que, maintenant, lui aussi ne pouvait plus s'arrêter et voulait en apprendre davantage :

– Que sais-tu ? Fils de chien !

– Ah ! tu tiens à savoir ? Eh bien, Hanafi mon fils, ouvre bien tes oreilles. (*Assurément le facteur tournait au démoniaque*[3].) Écoute, est-ce que ça t'intéresserait de savoir que Manzoul, le montreur de singes, est marié à une négresse du Soudan ?

– Ah ! oui, c'est très curieux ; mais je voudrais savoir comment toi tu le sais ?

– Rien de plus facile, tu vas voir. Il y a deux mois je lui apportai une lettre timbrée du Soudan et provenant de cette négresse, sa femme. Il l'avait épousée et puis abandonnée, paraît-il, du temps qu'il voyageait au Soudan à la recherche de singes savants. L'histoire datait déjà de quelques années. Mais l'implacable négresse est parvenue en fin de compte à connaître son adresse. D'où cette lettre noyée d'une tendresse

1. Tour de mosquée du haut de laquelle le muezzin appelle les fidèles à la prière, cinq fois par jour.
2. La personne qui prétend révéler des vérités cachées.
3. À l'homme possédé du démon.

excessive et brutale, comme il sied[1] à une lettre d'amour rédigée par un écrivain public nègre. Et j'ai dû pourtant la lire, tout écœuré que j'étais.

– Ça, c'est formidable ! s'écria le repasseur. Zouba, mon fils, tu es un démon.

– Cette histoire t'a plu ? Tu en veux encore une autre ? Tiens, écoute celle-ci. Abou Khadra, le génial Abou Khadra, l'oracle[2] du quartier en matière d'amour, est lui-même un impuissant. Comment je le sais ? Très simple ; encore une affaire de lettre. Ce vieux gâteux a, paraît-il, entendu parler d'un cheikh[3] qui habite le village de Béba, dans la province de Béni-Souef, et qui connaît des moyens infaillibles pour guérir l'impuissance. Alors il est entré en correspondance avec lui. Et l'autre ne cesse de l'assaillir de lettres remplies de recettes, de formules magiques (toujours indéchiffrables) et de demandes d'argent (ici une écriture très soignée). Dois-je te dire encore que c'est à moi qu'incombe[4] la tâche de débrouiller cette correspondance ? Non, n'est-ce pas, tu le comprends. Et maintenant veux-tu une autre histoire, ou en as-tu assez comme cela ?

– Oui, j'en ai assez. Tu es un vrai démon. Je n'aurais jamais cru cela possible. Mais alors dis-moi : que vas-tu faire ?

– Oh ! rien d'exceptionnel ; je vais continuer à vivre et à vous posséder. Personne ne le saura. Il n'y aura que toi et moi pour le savoir. Mais toi tu ne diras rien, n'est-ce pas ? Il me semble

1. Convient.
2. La personne qui parle avec compétence et autorité.
3. Homme respecté pour son âge et ses connaissances ; chef de tribu.
4. Que revient.

que je t'avais depuis longtemps choisi pour te dire toutes ces choses. Tu es trop faible pour me trahir.

Hanafi est consterné de cette découverte. Cela le gêne de penser à des choses aussi graves, aussi démoniaques et pourtant d'une réalité suspecte. Le facteur qui était là, devant lui, n'était pas ce même Zouba, risible et tragique, que les habitants de la rue de la Femme-Enceinte connaissaient bien, lui rendant la vie impossible, le poursuivant toujours de leurs quolibets[1]. Celui-ci était un autre Zouba, peut-être le démon de Zouba venu à sa place, parce que le véritable Zouba, l'être calme et soumis, se trouvait peut-être malade ou en prison. Et ce qui donnait encore à cette scène une vraisemblance de cauchemar, c'était la pénible solitude où elle se déroulait. S'il y avait eu quelqu'un pour traverser la rue en ce moment, peut-être que Hanafi eût trouvé la force de l'appeler à son secours. Mais personne ne se montrait.

Le facteur, lui, savourait son triomphe. Il croyait avoir atteint une espèce de sommet vertigineux, le premier pas de sa victoire sur le troupeau infect des ignorants. Ce jour-là était pour lui un heureux jour. Oui, l'enivrement de Zouba avait commencé de bon matin, bien avant cet entretien avec le repasseur. Zouba se rappelait le visage de l'inconnu, un visage qui respirait l'intelligence et même un certain génie. Ils se trouvaient assis tous les deux, à la terrasse du café « La vie facile », prenant un verre de thé. Et voici que se passa cette chose extraordinaire. L'inconnu,

1. Railleries, plaisanteries moqueuses.

assis à une table voisine, avait tout à coup souri, comme qui essaie de vous faire comprendre sa situation et, en outre, s'excuse de ne pouvoir être pour vous d'une grande utilité. Tout d'abord, Zouba ne comprit pas toute la signification de ce sourire. Que pouvait lui vouloir l'inconnu ? Était-ce de sa part un signe de sympathie, de cette chaude sympathie par laquelle se reconnaissent entre eux les esprits élevés ? Oui, ce ne pouvait être que cela. L'inconnu (sans doute un homme d'une grande culture) avait deviné en lui, Zouba, une personne d'élite perdue par la faute de l'ignorance environnante, atteinte par la médiocrité générale, mais pourtant reconnaissable et digne de respect. Il disait aussi, dans ce sourire, toute la peine qu'il éprouvait d'être là, incapable de lui porter le moindre secours.

Zouba avait été pénétré par cette flagrante sympathie que lui témoignait l'inconnu. Il aurait voulu aller à lui, s'asseoir à sa table, lui dire sa reconnaissance et même, s'il eût fallu, payer sa consommation. Mais l'autre s'était levé brusquement, lui avait souri encore une fois de ce même sourire fraternel, puis était parti avant que Zouba n'ait eu le temps de mettre son idée à exécution. Ce départ intempestif[1] l'avait laissé un instant rêveur (il regrettait l'inconnu) en même temps qu'il faisait naître en lui une bouffée d'orgueil depuis longtemps comprimée dans son cœur. Enfin un être au monde savait, et sans qu'il eût besoin de l'approcher, ce qu'il était, lui Zouba. Enfin la gloire s'annonçait.

---

1. Inopportun.

C'était cette fatale rencontre du matin qui donnait à Zouba une telle assurance dans son entretien avec le repasseur, et qui faisait que ce dernier ne le reconnaissait plus.

À ce moment passa, dans la clarté tumultueuse du dehors, l'attelage imposant d'une arroseuse[1] publique. De son tuyau de fonte percé de trous nombreux, elle laisse s'échapper les minces jets d'eau comme un groupe d'enfants qui pissent. Et, sous cette douche bienfaisante, le fils de Hag Salem l'épicier, nu comme s'il sortait du ventre de sa mère, se démène, glapissant et hurlant dans une joie sans limite. L'eau en tombant soulève autour de lui la poussière et cela ressemble à un bain de vapeur. Et son plaisir est d'autant plus grand qu'il est seul à profiter de cette aubaine[2]. D'habitude, tous les enfants du quartier attendent l'heure divine de ce rafraîchissement ; mais, ce matin, Zalata est seul à se mouvoir dans l'étroit rayon des jets d'eau. Il succombe sous sa joie, se croit ingénieux et n'imagine rien au-delà de ce bonheur : sentir l'eau glisser le long de son corps, l'arracher à l'insaisissable chaleur qui le tue. Le repasseur, qui veut se donner des appuis dans une réalité plus proche, car il croit sombrer dans une sorte de cauchemar infini, l'interpelle :

– Hé, petit Zalata, viens ici !

L'enfant a regardé de leur côté ; il a vu Zouba, le facteur destiné à toutes les tortures, et – sans quitter sa douche – lui lance un juron d'une obscénité originale. Certainement la dernière

1. Véhicule muni d'un réservoir d'eau, qui sert à arroser la voie publique.
2. Chance.

trouvaille de Safrout, grand inventeur de quolibets, et qui enseigne aux enfants du quartier l'art d'écourter la vie des gens, par les moyens simples du geste impudique et de la parole.

Zouba n'a pas répondu à l'injure du gamin. Il constate cependant, impitoyable, amer :

– Voici un enfant qu'on devrait pendre. C'est un véritable malheur pour le pays.

– Ah ! fait le repasseur toujours ahuri. Pourtant je trouve que ce qu'il t'a dit là était merveilleux.

– Comme si je n'en savais pas l'origine ! Ça ne peut être qu'une infâme trouvaille de ce maudit Safrout. Je me demande comment la terre a fait pour engendrer un pareil homme. Car, Hanafi mon fils, tu ne sais pas toute la prétention de cet homme ignorant et crasseux. Sais-tu seulement ce qu'il a osé me demander ? Eh bien, il a osé me demander où se trouvait l'institution qui délivre leurs brevets aux inventeurs. Et sais-tu pourquoi ? Il me l'a dit à moi : il veut tout simplement faire breveter toutes les injures nouvelles que son triste cerveau ne cesse de produire, malgré la morale, la police et toute la civilisation. Qu'en penses-tu ?

Le repasseur rit, d'un rire unique, démesuré, comme sous l'influence du haschich. Il n'avait pas très bien compris l'histoire des brevets, mais tout ce qui avait trait à Safrout (c'était sacré dans le quartier) devait déchaîner le rire. Il dit :

– Zouba, tu es étonnant. Si je ne te savais pas un fils de chien, ma parole, tu m'effraierais. Vrai, tu es un homme étonnant.

– Un homme comme moi, Hanafi mon frère, devrait écrire ses Mémoires. (Et je les écrirai un jour.) Je connais des choses tellement extraordinaires ! Je vois chaque jour des choses tellement extraordinaires ! Ah ! si seulement je racontais la moitié de ce que je sais sur vous tous.

Hanafi a conscience que le facteur exagère. Mais il ne sait pas comment il pourrait le lui faire comprendre. Sans doute il n'est pas question de s'embarrasser de mots. En matière de convaincre, le repasseur ne connaît que des insultes. Il déborde avec élan dans ce sens :

– Fils de la débauchée, maquereau, inverti ! As-tu fini de nous empoisonner ? Par Allah ! qu'on ne te voie plus dans ces parages. Ou alors nous te crèverons les yeux. Que nous veux-tu donc, facteur de malheur ? Pourquoi viens-tu jusqu'à nous malgré tout ce que nous te faisons subir ? Tu es un démon.

Aucune inquiétude ne perce dans l'esprit de Zouba. Les insultes de Hanafi ne lui font plus peur. Il se sent vraiment démoniaque, visité par le souffle de mille démons. Il sent que, toute sa vie, il a travaillé à la réalisation de ce jour. Dire ce qu'il a caché jusqu'à présent pour lui tout seul, laisser s'échapper tout son mépris en flots tumultueux et grondants. Et, à travers cette mise à mort de l'ennemi, laisser deviner le but noble qu'il s'est assigné[1], son devoir de régénération[2] et d'humanité.

Il s'approche plus près du repasseur, le dévore du regard à travers ses lunettes et s'efforce d'être plus affreux qu'il n'est.

---

1. Attribué.
2. Renouvellement, fait de renaître en redonnant les qualités perdues.

– Pourquoi je viens jusqu'à vous malgré tout ce que vous me faites subir ? Cela aussi, je te le dirai. Sache d'abord, mon cher Hanafi, que, chez nous, à l'administration, on a voulu me faire changer de quartier. Tu sais bien à la suite de quoi. Eh bien, c'est moi qui n'ai pas accepté. J'ai tenu à revenir dans ce quartier. J'y ai trop longtemps travaillé pour le laisser en d'autres mains. Écoute-moi bien, Hanafi, je me suis assigné une tâche sublime, je me suis donné la tâche de vous régénérer.

– Quoi, que dis-tu ?

– Tais-toi, ne parle pas : je sais que vous êtes tous morts. Je suis seul à m'en douter. Alors, depuis longtemps, je travaille à vous ressusciter. Il m'a fallu une grande patience, une très grande patience. Hanafi, mon fils. Car vous êtes morts depuis de longs siècles déjà. Ah ! tu ne sauras jamais tout mon martyre. Mais c'est Dieu qui m'a envoyé vers vous. Pour vous ressusciter, pour vous tirer de cette ignorance. Car non seulement vous êtes morts, mais vous êtes esclaves de votre sort, contents, et perdus sans retour ! Tu vois bien que j'ai une mission à remplir dans ce quartier. Vous aurez beau me persécuter, je subirai mon martyre en silence. Je vous apporte la liberté et la culture et vous me remerciez par des coups et des quolibets. Qu'importe ! qu'Allah vous pardonne. Moi, je vous instruirai malgré vous, comprends-tu, Hanafi, malgré vous.

Quelle richesse de pensée, quel déploiement incroyable de l'idée cachée ! Sa folle ambition exprimée, il venait de lui découvrir un nouvel aspect, plus vaste, plus précis que celui qu'il connaissait jusqu'à ce jour. Il lui sembla que les proportions de son rêve s'étaient précisées en vue d'une action immédiate. Il n'y avait plus de bornes à son idéal humanitaire. Il revit l'humble école primaire où, jeune, il avait appris, durant quelques années seulement, tout le maigre savoir qu'il possédait. Et il pensa à ce maître d'école, vieillard aux habits élimés, qui lui avait dit un jour, après qu'il eut terminé la leçon de lecture : « Toi, tu seras un grand homme. » Le vieillard avait dit cela, peut-être en se moquant, peut-être par lassitude, mais Zouba y avait cru comme à la pure vérité. Toute sa vie, il y avait pensé. Et maintenant, la parole du vieillard s'accomplissait.

– Tu n'es pas Zouba, dit tout à coup le repasseur. Mais je sais qui tu es : tu es le démon de Zouba. Pauvre Zouba !

– Peut-être, répondit le facteur. Seulement, il ne faut le dire à personne. Comprends-tu ? Salut sur toi.

Le facteur s'en fut promener son ombre grotesque le long de la rue. Il s'acquittait de son métier avec conscience et honnêteté. Du haut d'une terrasse, un enfant qui s'ennuyait lui lança une pierre. Un autre, sortant d'une porte cochère, relevant le devant de sa galabieh, lui montra sa verge en riant. Mais le facteur était habitué à ces violences et il continua dignement son chemin. Le soleil ruisselait avec une telle abondance qu'il semblait vouloir détruire toutes les ombres, s'imposer partout, au-dehors, au-dedans, malgré les façades, incendier les retraites, les demi-obscurités, là où les hommes s'étaient réfugiés pour fuir la masse meurtrière de ses rayons. Alors, Hanafi se souvint de tout ce que lui avait dit le facteur. Et il ne parvenait pas à établir un lien entre les paroles du facteur et la marche sensée de ses rêveries. Zouba était né de la triste réalité ; de cette triste réalité que, lui, Hanafi, ne voulait ni connaître ni comprendre. Ça ne compte pas. La seule réalité qui compte, c'est le sein palpable, dur de la femelle. C'est sa croupe volumineuse et son ventre profond comme le songe qui naît de la fumée du haschich.

Il se sentait trop fatigué pour aller jusqu'à chez lui et battre sa femme. Il aurait voulu plutôt dormir. « À quoi ça sert une boutique ? et pourquoi me suis-je fait repasseur ? Mais pourquoi aussi ce maudit Chantouh veut-il me saisir ? C'est un bandit ! Qu'il vienne saisir ce qu'il voudra. Moi je ne bougerai pas d'ici. Que tout aille au diable ! » Débarrassé de ses attaches terrestres, il reprit son sommeil, juste où il l'avait laissé, comme on reprend un travail interrompu. L'ombre prospéra dans la boutique, comme si elle eût attendu que toute vie cessât pour croître, dans la boutique semblable à un repaire dont le sommeil s'est emparé peu à peu, rongeant tout avec ses dents invisibles comme les dents de rats invisibles. Et l'homme affalé là ne savait pas que bientôt le sommeil allait le dévorer tout bien vivant qu'il était, le dévorer, lui, sa bêtise et sa paresse et tous les habitants jusqu'au bout du quartier.

Tout près, dans l'impasse du Boiteux, une femme insultait son mari en termes imagés : « Corde à lessive, espèce de déteint ! » La voix mourait, étouffée par la chaleur. Un tramway, quelque part dans la rue Mohamed-Ali, courait sur ses rails avec sa lugubre sonnerie, annonçant la détresse d'un monde lointain. Sur le mur de la boutique blanchie à la chaux, une peinture populaire représentait une berge du Nil avec un voilier debout sur le fleuve, immobile comme s'il ne voulait plus se mouvoir, mais rester toujours ainsi, ayant peur du large et du vaste inconnu. Et il semblait que tout, quartier, êtres et choses, s'étaient figés comme ce voilier peint sur le mur, ne voulant plus comprendre qu'on puisse bouger ; espérer d'autres buts que ceux déjà atteints ; aller toujours plus loin sur la route... Et que c'était une folie.

Le coiffeur a tué sa femme

C'était dans la ruelle Noire.

Ce soir-là, Chaktour le ferblantier[1], qui travaillait dans sa boutique à la réparation d'un broc[2] de toilette, délaissa un instant sa besogne, pour se recueillir et penser avec calme à sa vie misérable et infinie. Mais il n'alla pas très loin dans ses amères réflexions. Toute sa vie était là, près de lui, et il pouvait la toucher de ses mains ; tant elle était morne et sale, sans un bout de rêve. Il en fut si nettement dégoûté qu'il pensa à autre chose.

En premier lieu, il tâcha de comprendre comment avait fait Saadi, le coiffeur ambulant, pour empoisonner sa femme. (À cette époque c'était la suprême préoccupation des esprits de la ruelle.) Mais les détails de ce crime ténébreux lui manquaient et il dut se résigner à abandonner la partie. D'ailleurs cette affaire était si louche qu'il valait mieux ne pas s'y frotter, même en pensée. Ne disait-on pas que la police avait arrêté certains clients du malheureux Saadi, pour les interroger et établir leur responsabilité morale suivant le degré des rapports qu'ils entretenaient avec le coiffeur ? Même que le discours de l'un d'eux, Haroussi le restaurateur du peuple, fut jugé plein de tentations. Cet ignoble restaurateur avait dit, paraît-il, un jour, au coiffeur ambulant : « Saadi, mon fils, l'homme qui pourra se débarrasser de sa femme entrera sûrement au Paradis. » Sans doute que ces paroles d'une haute sagesse furent mal interprétées par le coiffeur. En tout cas aucun Paradis ne voulait de lui pour l'ins-

1. L'artisan qui fabrique des objets en fer-blanc.
2. Récipient à anse et à bec évasé.

tant, et la police se voyait ainsi forcée de le garder dans une prison quelconque, tout comme un vulgaire assassin. « Pauvre Saadi, tu me rasais si bien la barbe pour le morceau de pain que je te donnais. Qu'allons-nous devenir si tous les hommes comme toi vont en prison ? » Chaktour n'avait jamais été en prison. Alors il pensa au régime de la prison, aux souffrances qu'endurent les prisonniers, et surtout à leur solitude charnelle. Mais là aussi il ne possédait aucune idée précise. Il s'arrêta dans ses déductions fantaisistes et regarda dans la ruelle.

En face de la boutique, c'était le réverbère n° 329 qui dilapidait[1] sa clarté officielle à travers toute la ruelle. Parfois, un passant au vague visage s'arrêtait dans la zone de lumière pour reconnaître son état avant de rentrer chez lui, ou bien regardait pour la dixième fois au moins une pièce de monnaie fausse que venait de lui donner Saroukh le cafetier. Des chiens aussi rôdaient dans la ruelle, affamés, squelettiques et protégés par la gale[2]. Il y avait toujours quelque femme qui maudissait ses enfants d'une voix haute et stridente, pour que toute la ruelle l'entende, et que les personnes de mauvaise foi sachent qu'elle s'occupe d'éduquer les siens. Enfin, un peu partout, sans préférence, siégeaient les ordures.

Malheur au pauvre qui a des loisirs. Chaktour allait se remettre au travail lorsqu'il aperçut l'enfant. Celui-ci se tenait à l'entrée de la boutique, portant sous son bras la botte de trèfle

1. Gaspillait.
2. Maladie cutanée des animaux, produite par des acariens.

qu'il venait d'acheter au marché. Et il regardait son père avec un air de reproche dans ses yeux tristes, comme pour lui rappeler quelque chose de grave dont l'homme ne se souvenait plus.

– Que m'apportes-tu là, petit ?

– C'est pour le mouton, père.

– Quel mouton ?

Comment donc ne comprenait-il pas ? L'enfant était prêt à pleurer, mais il refoula ses larmes et expliqua tout à ce père abruti par la misère, esclave d'une fatalité rigoureuse et cruelle.

– Le mouton de la fête[1], père. Je me suis occupé du trèfle. Maintenant il ne te reste plus qu'à acheter le mouton.

L'enfant était sale, mais beau. Il était nu sous sa robe couleur de terre. Il portait sa tristesse dans tout le corps.

Chaktour regarda son fils avec étonnement et pitié. Il ne dit rien. Dans son esprit sans cesse tourmenté, il n'y avait plus de place pour une nouvelle douleur. Simplement, il se sentait écrasé par le geste de son fils ; car il comprenait maintenant que dans cet enfant – sa chair et son sang – se formait une misère consciente et réelle dont il ne s'était pas aperçu jusqu'ici et qui désormais resterait liée à la sienne. Pour combien de temps ? L'enfant grandira et avec lui croîtra sa misère, jusqu'au jour où faible à son tour – car un homme peut-il supporter tout seul sa misère ? – il créera un fils qui en partagera le poids avec lui. La seule consolation du pauvre est de ne pas laisser en mourant un

1. Il s'agit de l'*aïd el kebir*, fête musulmane qui commémore le sacrifice d'Abraham, et où chaque famille, selon ses moyens, sacrifie un mouton partagé avec les pauvres.

enfant prodigue[1]. L'ignominie[2] qu'il lègue à sa descendance est inépuisable.

– La fête n'est pas pour nous, mon fils, dit-il. Nous sommes pauvres.

L'enfant pleura, pleura amèrement.

– Que m'importe ; je veux un mouton.

– Nous sommes pauvres, répéta Chaktour.

– Et pourquoi sommes-nous pauvres ? demanda l'enfant.

L'homme réfléchit avant de répondre. Lui-même, après tant d'années d'indigence[3] tenace, ne savait pas pourquoi ils étaient pauvres. Cela venait de très loin, de si loin que Chaktour ne pouvait pas se rappeler comment cela avait débuté. Il se disait que, sans doute, sa misère n'avait jamais eu de commencement. C'était une misère qui se prolongeait au-delà des hommes. Elle l'avait pris dès sa naissance et il lui avait appartenu tout de suite, sans la moindre résistance, puisqu'il était voué à elle bien avant qu'il naquît, encore dans le ventre de sa mère.

L'enfant attendait toujours qu'on lui expliquât pourquoi ils étaient pauvres. Il avait cessé de pleurer, mais il y avait encore en lui beaucoup de larmes, toutes les larmes des enfants misérables dont les rêves sont trahis par la vie.

– Écoute, petit, va t'asseoir dans un coin et laisse-moi travailler. Si nous sommes pauvres c'est parce que Dieu nous a oubliés, mon fils.

---

1. Qui dilapide son bien (référence ironique à une parabole évangélique : l'enfant, ayant dilapidé son héritage, retourne repentant chez son père qui l'accueille avec une grande fête, Luc XV, 11-32).
2. La honte.
3. De misère.

– Dieu ! dit l'enfant. Et quand se souviendra-t-il de nous, père ?

– Lorsque Dieu oublie quelqu'un, mon fils, c'est pour toujours.

– Je garderai quand même le trèfle, dit l'enfant.

Il emporta sa botte de trèfle, la posa dans un coin de la boutique, puis s'accroupit dessus. Et il recommença de pleurer, parce qu'il était petit et que c'était sa façon à lui de se révolter contre l'injustice du monde. Brusquement, l'enfant apprenait qu'il était seul dans la vie et, brusquement, il touchait aux choses inconnues de la détresse, de la pitoyable détresse humaine.

L'homme, lui, se remit à travailler. La vue du petit visage ravagé par les pleurs lui faisait mal. Il souffrait d'une manière terrible et nouvelle. Mais qu'importait sa peine et celle de tous les hommes de l'univers. L'important c'était que l'enfant ne souffrît plus. Il se rendait de plus en plus compte de cette vérité essentielle. L'enfant ! Qui s'occupera de sauver l'enfant ? L'homme tout en travaillant pensait à la mort comme à la seule délivrance possible, et il la désirait ardemment pour lui, sa femme, son enfant et toute la ruelle.

À ce moment passa le gendarme Gohloche, arrogant et fier comme toujours.

Il s'arrêta devant la boutique et promena son regard exécrable sur l'homme et son enfant. Le gendarme Gohloche était né bourreau. Il y avait dans son regard une bêtise qui tuait. Et il restait là debout. Emmitouflé dans sa grosse capote[1] de laine noire, semblable à un animal infect et puissant. Il faisait froid. L'enfant cessa de pleurer ; il avait peur. Ce gendarme, qui venait de surgir comme une autre nuit dans la nuit, l'effrayait. Il se sentait étouffé. Il pensa à sa mère. Il avait envie d'un peu de chaleur. Il ferma les yeux, croyant échapper ainsi au sombre destin qui le menaçait du dehors. La botte de trèfle, sous lui, s'aplatissait doucement. Un instant, il eut la vision d'un mouton beau et gras qui n'appartenait à personne, d'un mouton libre comme ces chiens et ces chats qui circulaient dans la ruelle.

Chaktour gardait un silence énigmatique. Il semblait ignorer la présence du gendarme. Il se tourmentait encore à propos du coiffeur ambulant. « Pourquoi Saadi a-t-il empoisonné sa femme ? » Cette question le préoccupait gravement comme si elle était à la source de tous ses malheurs. Le crime du coiffeur ambulant lui avait appris jusqu'où pouvait aller la main de l'homme. C'était inouï ce que l'homme pouvait commettre. « Voici que l'homme assassine sa femme. Mais pourquoi ? Saadi, lui, doit le savoir. Un jour, j'irai lui rendre visite en prison ; il me le dira. » Maintenant il ne pensait plus à rien. Il attendait. Le gendarme Gohloche, lui aussi, attendait on ne savait quoi. Dans son coin, l'enfant, accroupi sur la botte de trèfle, paraissait mort. Un rat glissa le long du mur. Le gendarme voulut parler, mais il se sentit soudain très faible comme

1. Son grand manteau militaire.

s'il venait de respirer une odeur nauséabonde[1]. C'était à cause de cette tristesse qui régnait dans la boutique et qui n'était pas à la mesure des hommes. Le réverbère n° 329 dilapidait toujours sa lumière sans souci de la dépense.

Le gendarme Gohloche se ressaisit très vite, il n'était pas sentimental. Il mit sa faiblesse sur le compte de la fatigue. Il avait, le veille au soir, livré bataille à une escouade[2] de balayeurs de rues qui réclamaient simplement de ne pas mourir de faim. Son intervention dans cette affaire avait été jugée en haut lieu comme méritant tous les éloges. N'avait-il pas, à lui seul, assommé à coups de matraque un nombre respectable de ces invertis[3] de balayeurs ? Rien de mieux ne pouvait lui arriver. Il était en plein avancement. Pourquoi donc la vue de cette boutique l'oppressait-elle à ce point ? Il ne comprenait pas. Alors il devint méchant. Son regard fureta partout avec insistance, parvint à dénicher la botte de trèfle. Il eut un sourire qui était comme le reflet d'un crachat anonyme.

– Alors Chaktour, mon père, dit-il, tu as acheté le trèfle pour attirer le mouton ? Crois-tu donc qu'un mouton ça se laisse prendre comme un rat ? Sur mon honneur, tu deviens gâteux, ô homme.

Le son de sa voix troubla la sérénité des cafards qui se promenaient tranquillement dans la boutique ; ils rejoignirent leurs trous en vitesse. Des pots de fer blanc crevassés luisaient

1. Fétide, puante.
2. Un groupe (terme emprunté au vocabulaire militaire).
3. Homosexuels (littéralement, personnes atteintes d'inversion sexuelle) ; terme péjoratif.

dans l'ombre. La boutique n'était éclairée que par le réverbère qui lui faisait face. Le gendarme, arrêté devant la porte, repoussait cette unique clarté qui venait s'écraser sur son dos. Chaktour demeurait toujours muet ; il ne voulait pas entrer en conversation avec cet affreux gendarme dont il connaissait la méchanceté. Seulement cette obscurité l'empêchait de travailler. Il aurait voulu réparer au plus vite ce broc de toilette et pouvoir rentrer chez lui. Il faisait aussi très froid dans cette boutique, surtout pour l'enfant qui était nu sous sa robe. Tout cela paraissait à Chaktour d'une horreur insurmontable. Il n'avait plus le courage de rien ; il se sentait ce soir écrasé par le poids de toute sa vie. Cette histoire de trèfle et de mouton était dans la limite de ce qu'il pouvait supporter. L'homme pensait surtout à l'enfant. Pour lui, cela n'avait plus aucun sens, une fête. « On parle de fête, mais en vérité il n'y a pas de fête. Pourquoi Saadi a-t-il empoisonné sa femme ? Voilà à quoi les gens devraient penser. Il n'y aura pas de fête tant qu'on ne saura pas pourquoi Saadi a empoisonné sa femme. » De nouveau il était hanté par le crime du coiffeur ambulant. L'homme arrivé au bout de la misère cherchait à comprendre. Et c'était bien ainsi.

– Fils de porc, dit le gendarme, tu ne daignes pas me répondre ?

Le ferblantier comprit la nécessité de se montrer conciliant avec ce maudit spectre de l'autorité. Il avait assez d'ennuis comme cela. Un moment il fixa le gendarme d'un air apitoyé, puis dit dans un langage correct et respectueux :

– Nous sommes tes domestiques, ô gendarme Gohloche.

Permets-moi de te dire que ton auguste présence a rendu précieuse cette humble boutique.

Ce compliment, débité d'une voix lamentable, immobilisa l'atmosphère comme une fantaisie lugubre[1]. Les trois personnages de cette scène en étaient à cette minute de la vie où l'on ne croit plus à rien.

Le gendarme Gohloche personnifiait la méchanceté la plus haïssable : la méchanceté mise au service des grands de la terre. Une méchanceté monnayable. Elle ne lui appartenait plus. Il l'avait vendue à des gens plus compétents qui en usaient pour asservir et mortifier[2] tout un peuple misérable. Il n'était plus le maître de sa méchanceté. Il devait la conduire et la diriger suivant certains règlements dont l'atrocité ne variait guère.

Le gendarme Gohloche habitait dans la ruelle Noire, mais il exerçait ses fonctions de tyran au centre de la ville européenne. Et c'était pour lui une espèce de mort ; il s'anémiait[3]. Car, dans un pareil milieu, fréquenté généralement par des Européens, sa surveillance rencontrait des obstacles sérieux. Elle ne pouvait s'épanouir à l'aise. Gohloche reportait donc toute sa haine sur tout ce que l'élément indigène fournissait d'esclaves : les colporteurs[4], les mendiants, les petits ramasseurs de mégots, les lépreux et les aveugles, et toute la tribu des errants qui ne parvenaient pas à mourir parce qu'on mettait beaucoup de temps

1. Sinistre.
2. Vexer, humilier.
3. S'affaiblissait.
4. Marchands ambulants.

à les tuer. Cette vermine, venue là pour donner à la ville européenne son cachet d'Orient bariolé, était nombreuse. Une nourriture bénie pour des yeux de touristes. Mais le gendarme Gohloche, lui, n'était pas un touriste, et il ne comprenait rien à l'exotisme.

Il était près de minuit. La ville européenne, malgré ses immeubles modernes à huit étages (avec ascenseur et eau courante), ses cafés largement éclairés, et ses prostituées lassant les trottoirs par leurs allées et venues, semblait la proie d'un ennui morne, inachevé, né du doute et de la médiocrité des plaisirs. On sentait que la ville voulait vivre, qu'elle avait tout pour cela, mais qu'une sorte de détresse intérieure, impitoyable, la tenait immobile avec ses lumières forcées, ses femmes stupides et son aisance criminelle. Elle avait la parfaite apathie[1] d'un monstre repu. Elle dévorait tout. Elle s'étendait avec une rage constante. De partout on la voyait venir. Elle poussait dans le désert ; elle poussait dans les palmeraies et dans les îles de l'autre côté du fleuve. On ne pouvait plus l'arrêter. C'était une floraison d'immeubles de rapport et de villas somptueuses. Étrange corps de catin[2] ; elle s'étalait dans toutes les directions, toujours vénale[3], toujours intéressée. Et le paysage fuyait devant elle, rapide et monotone. Elle le pourchassait sans répit. Maudit paysage qui s'en allait vomir sa tristesse aux confins des quartiers pauvres. Car là où la misère est trop dense, la ville arrêtait sa marche

1. Insensibilité.
2. Prostituée (abréviation, d'abord familière, de Catherine, puis péjorative).
3. Cupide, en quête d'argent.

triomphante. Elle ne prenait que les beaux terrains. Tout ce qui fait la vie confortable et douce lui appartenait. L'air pur, l'eau potable, la lumière électrique, tout lui appartenait. Elle n'avait méprisé que quelques décombres. Et dans ces décombres s'étiolait[1] la vie de tout un peuple.

La civilisation devenait spécialement terrible tout le long de la rue Fouad-Ier et de la rue Emad-El-Dine. En effet, ces deux rues principales jouissent de tout ce qu'une ville civilisée maintient et prodigue pour l'abrutissement des hommes. Il y avait là des spectacles insipides, des bars où l'alcool coûtait très cher, des cabarets aux danseuses faciles, des magasins de mode, des bijoutiers et même des affiches lumineuses. Il ne manquait rien à la fête. On s'abrutissait à perte de vue.

Cependant, la ville regorgeait d'une multitude d'êtres, qui n'avaient rien de commun avec ce désordre et ces lumières. Ils passaient près de toutes ces lumières comme des ombres peureuses. Ils regardaient toutes ces belles choses de la ville avec des yeux de bêtes qui ne comprennent pas. Ils transportaient avec eux leur quartier boueux et leur sale misère. Ils étaient visibles comme des plaies. On leur faisait la chasse, mais ils s'obstinaient à rester. Une raison suffisante et implacable les attirait dans cette enceinte magique : la faim. C'était une chose qu'ils comprenaient très bien. Ils étaient innombrables, autour des restaurants, de tous les endroits où l'on mange. Pour eux, manger était tout. Ils ne désiraient rien d'autre. Depuis des généra-

1. Dépérissait.

tions ils n'avaient pas eu d'autres désirs. C'étaient des corps ignobles et sans âme. La ville souffrait de les contenir ; la civilisation souffrirait de les voir. Ils ressemblaient à des remords ; des remords très anciens enracinés dans le sol. Mais, malgré tout, ils ne voulaient pas mourir. Mendier un morceau de pain à ceux qui leur avaient tout pris était encore pour eux une chance de vivre. Et on les appelait mendiants ou bien voleurs suivant leur insistance à vivre.

Pour le moment, cela se passait au haut de la rue Fouad-Ier, exactement près d'un magasin de chaussures pour dames. Une équipe de balayeurs de rues se reposait en cet endroit, attendant l'arrivée des camarades qu'elle avait mission de relever. Ils étaient serrés les uns contre les autres non pas tant pour se réchauffer que pour se rendre le moins gênants possible et ne pas offusquer[1] les honnêtes gens par leur présence. Ces balayeurs de rues étaient ce qu'il y avait de plus misérable au monde. D'habitude ils étaient taciturnes[2] et renfermés, mais ce soir on sentait qu'ils vivaient d'une façon inusitée et tragique. Une animation singulière les faisait remuer et parler avec autorité. Ils ressemblaient vraiment à des hommes ; mais on voyait que ce n'était encore qu'un commencement. Il y avait beaucoup d'espoir qu'ils devinssent tout à fait des hommes. Une volonté de révolte se manifestait en eux comme une puberté nouvelle. Et cette puberté les rendait pour la pre-

1. Choquer, froisser.
2. Moroses, sombres.

mière fois soucieux d'une vie meilleure. Ils ne savaient pas jusqu'où cette volonté pouvait les mener. La route à parcourir était trop longue, et ils tremblaient au seuil d'une telle route, car à vivre longtemps sans bouger, ils avaient les jambes molles et les yeux aveuglés de ténèbres.

Ils étaient là, jonchant[1] le trottoir, comme les survivants d'un pays ravagé par la famine. Ils portaient des uniformes neufs mais qui n'étaient pas de saison. C'étaient des uniformes de toile légère que l'administration, chargée de les habiller, leur avait accordés en plein mois de décembre. Quelques-uns étaient pieds nus. Le froid les pénétrait simplement, et ils toussaient à tour de rôle, chacun à sa manière. Parfois l'un d'eux mettait le feu à une feuille de papier qui flambait puis s'éteignait aussitôt, après avoir dégagé une chaleur fugace. Alors, autour de cette mince lueur, les visages de ces hommes se précisaient avec violence. Ils avaient des visages d'une humanité effrayante. À les voir ainsi groupés au milieu de cette rue propre et civilisée, on était tenté de crier au secours. Mais l'indifférence qui les entourait les brisait complètement. Ils étaient seuls contre la puissance invincible qui faisait d'eux des esclaves. En les arrachant à leurs rôles de créatures humaines, cette puissance les avait réduits à leurs propres limites. Ils n'attendaient l'aide de personne, ils n'écoutaient aucune voix étrangère. Ils n'écoutaient que la rumeur encore incertaine de leur révolte.

---

1. Couvrant.

Ils semblaient comploter contre eux-mêmes, tellement leurs conciliabules[1] étaient empreints de précautions et de peine. Ils avançaient dans leur révolte avec mille hésitations. Ils se grattaient le corps avec des gestes larges et crachaient leurs catarrhes[2] tout près, doucement, comme une chose précieuse. La belle rue Fouad-Ier se trouvait en cet endroit véritablement endommagée dans sa réputation. Cet attroupement de balayeurs n'était pas d'un pittoresque plaisant. Il était plutôt sinistre. La rue aurait voulu se débarrasser de cette pourriture par n'importe quel moyen ; on la sentait énervée dans toutes ses manifestations. Des tramways ivres rendaient l'atmosphère bruyante. Une bagarre éclata dans un café situé de l'autre côté de la rue. Quant à la prostituée qui se refaisait une beauté pour la sixième fois cette nuit-là, elle laissa tomber son rouge à lèvres dans le ruisseau. De jeunes élèves de « l'école des mendiants[3] » faisaient la vie impossible aux promeneurs nocturnes. Des autobus filaient à une vitesse sanglante avec leur cargaison d'immondes créatures et de rêves pourris. Il y avait dans l'air un impérieux[4] besoin de détente ; il fallait que ces hommes périssent. La ville réclamait leur mort pour pouvoir jouir en paix de sa honteuse sérénité.

Les balayeurs, eux, n'avaient pas conscience de l'horrible diversion que leur présence infligeait à la rue. Ils avaient seule-

---

1. Conversations chuchotées, comme en secret.
2. Glaires.
3. Il sera question de « l'école des mendiants » dans la prochaine nouvelle, « Danger de la fantaisie ».
4. Irrésistible.

ment ordre de la balayer et elle leur faisait l'effet de quelque chose de dangereux et d'incompréhensible dont ils étaient les serviteurs dociles. Jamais encore ils n'avaient imaginé ce qu'elle deviendrait sans eux, livrée aux ordures et à la poussière. Ils ne connaissaient pas tout leur mérite et jusqu'où la rue leur devait sa belle ordonnance et sa distinction. Mais, ce soir, ils étaient décidés à tout, il s'agissait pour eux de ne pas mourir de faim. Pour la première fois de leur vie, ces balayeurs avaient osé, s'étaient crus en mesure d'oser, un geste de réclamation. Ils avaient eu l'idée incroyable, blasphématoire[1], de revendiquer leurs droits à une existence meilleure. Les trois piastres[2] qu'on leur payait par jour ne suffisaient pas à les faire vivre, ni même à les faire mourir. Ils avaient donc réclamé une demi-piastre d'augmentation. Avec trois piastres et demie par jour, ils croyaient pouvoir vivre plus sérieusement. C'était une idée à eux, presque un idéal. Et ils attendaient la réalisation de cet idéal, sans trop de confiance mais avec une lueur farouche dans leurs yeux. L'arrivée du surveillant à bicyclette allait mettre fin à leur incertitude. Ce surveillant à bicyclette, chargé de soumettre leur requête à qui de droit, devait leur apporter une réponse ce soir. Mais les balayeurs se défiaient de lui, car il appartenait déjà, par son grade de surveillant, à une autre humanité, celle des oppresseurs. Aussi avaient-ils décidé qu'en cas d'échec, ils lui abandonneraient les uniformes, les balais et toute la rue.

---

1. Impie, sacrilège.
2. La livre égyptienne vaut cent piastres.

– Il la balayera tout seul, ce fils de putain, dit en se levant un grand gaillard dont l'étrange accoutrement semblait comme un défi à l'esthétique des populations honorables de la ville.

Cette espèce de balayeur n'avait rien trouvé de mieux à faire – pour protester contre la légèreté des uniformes – que de s'envelopper avec la *milaya*[1] de sa femme. Il avait remporté un immense succès auprès de ses camarades qui l'écoutaient maintenant comme un chef. À vrai dire, ce nouvel état d'esprit des balayeurs devait beaucoup à la hardiesse magnifique de cet homme. C'était un homme d'action qui méprisait toute sorte d'autorité, et à qui l'extrême misère avait appris à se faire justice soi-même. Tout en lui réclamait une vie plus solide et l'on sentait en lui une conscience plus nette de son destin et de celui de ses compagnons. Il était d'ailleurs le seul à se mouvoir avec aisance dans la cruelle étreinte de ce destin. Ces hommes épouvantés avaient mis tout leur espoir en lui, car il semblait porter dans ses mains puissantes la force qui devait anéantir les bourreaux. « Le voici qui arrive », dit-il. Il enleva sa *milaya* et l'enroula autour de son corps, comme une large ceinture. Il voulait être libre de ses mouvements, car il sentait la bataille proche.

En effet, le surveillant à bicyclette arrivait en tête de l'autre équipe de balayeurs. Ils s'arrêtèrent devant le magasin de chaussures. L'homme à la *milaya* commanda à ses camarades de se lever, pour aller à la rencontre du surveillant. Celui-ci, tenant d'une main sa bicyclette, et de l'autre une mince baguette de

1. Voile coloré drapant les femmes.

jonc, commençait à donner des ordres. Mais il se rendit bien vite compte que les balayeurs n'obéissaient plus à ses injonctions et qu'ils attendaient de lui autre chose. Cela l'immobilisa un instant. L'homme à la *milaya* s'approcha de lui, haut et large comme la vague d'une mer en furie. Il était prêt au meurtre.

– Alors, qu'as-tu fait de nous ? demanda-t-il.

Le surveillant ne répondit rien. Il s'adossa à sa bicyclette et prit son temps pour préparer un discours bref et énergique. Il n'oubliait pas qu'il représentait une autorité et qu'une grande puissance sans pareille le préservait de tous dangers.

– Voilà, cria-t-il, écoutez tous. En réponse à votre requête, l'administration m'a chargé tout d'abord de vous dire que vous êtes un tas d'invertis. Ensuite que votre attitude ingrate mérite les pires châtiments. Car, il y a un mois à peine que, pour satisfaire à vos exigences de coquetterie, elle s'est ruinée en vous offrant des uniformes neufs. Et vous osez aujourd'hui réclamer une augmentation de salaire. Je vous le répète encore, et cette fois-ci en mon propre nom, vous n'êtes qu'un tas d'invertis.

Ce qui se passa à la suite de ce discours fut atroce et lamentable. Tout d'abord, l'homme à la *milaya* souleva le surveillant et l'envoya s'écraser contre la vitrine du magasin de chaussures. Les balayeurs, leurs balais en main, restèrent figés d'étonnement devant l'action subite de leur camarade. Ils n'eurent pas le temps de se remettre de leur stupeur, car déjà pointait à l'horizon la silhouette d'un gendarme : c'était Gohloche. Bientôt, de tous côtés, arrivèrent des gendarmes. La bataille dura près d'un quart d'heure, pendant lequel toute la civilisation trembla d'indignation. Pour comble de malheur, c'était la sortie des spectacles. Que venaient donc faire ici ces invertis de balayeurs avec leurs sales revendications ? Des passants repus et bien au chaud dans leurs pardessus furent saisis de dégoût devant cette horreur. Ils perdirent leur optimisme au moins pour quelques jours. On envoya chercher l'ambulance, non pour les blessés, mais pour une dame évanouie de colère en apprenant la révolte des balayeurs. Tout cela se termina au grand avantage du gendarme Gohloche qui fit preuve en l'occurrence d'une brutalité excessive et désintéressée.

Au fond, la ruelle Noire était un endroit très calme. La misère y était posée, sérieuse, et d'une parfaite égalité d'humeur. Elle n'avait pas à s'énerver au contact d'un luxe insultant. Ses habitants n'étaient pas envieux. Ils ne jalousaient jamais la misère de leur voisin et tâchaient de maintenir leur pauvreté au niveau de la moyenne générale. Le ferblantier parut un moment s'intéresser au gendarme et lui demanda de ses nouvelles. Gohloche raconta l'histoire de la veille et comment à lui seul il avait assommé plusieurs balayeurs. Mais il amplifia tellement son récit qu'il le rendit inintelligible. Lui-même, d'ailleurs, ne savait pas pourquoi les balayeurs avaient frappé leur surveillant, ni pourquoi ils s'étaient conduits d'une manière aussi insolite, eux d'habitude si modestes et si modérés.

– Et pourquoi ont-ils fait cela ? demanda Chaktour.

– Je ne peux pas te le dire, ô homme. C'est un secret. Tu ferais mieux de t'occuper de tes pots crevés. Salut sur toi.

– Ô Gendarme Gohloche, s'écria Chaktour, dis-moi, je t'en conjure[1], pourquoi les balayeurs se sont-ils conduits ainsi ?

– Sur mon honneur, ô homme, tu deviens gâteux. Ne t'ai-je pas déjà dit que tu devenais gâteux ? Que t'importent ces balayeurs ?

Le gendarme partit, Chaktour retomba dans ses pensées obsédantes. Cette révolte des balayeurs venait s'ajouter à son désarroi. Il s'agissait maintenant d'établir un rapport entre deux incidents de nature différente, mais qu'il sentait provoqués par le même esprit. D'après lui, le crime de Saadi et la révolte des balayeurs ne pouvaient avoir qu'une même origine.

Il fallut fermer la boutique, Chaktour se leva, se déplaça en chancelant un peu sur ses jambes. Il n'était pas très vieux. Il était voûté, non par l'âge, mais par une sorte d'accablement qui avait pris possession de tout son être, s'était installé en lui comme une maladie incurable[2] et qui demandait beaucoup de soins. Il ramassa quelques déchets de fer blanc, les jeta dans un coin et s'occupa à mettre un peu d'ordre dans la boutique. Il n'était pas gêné pas sa misère. Elle était grande et large et il s'y promenait librement. Elle était comme une prison spacieuse ; il était libre d'aller d'un mur à l'autre de sa misère sans demander la permission à personne. Il était seulement gêné de la sentir si abondante. C'était une misère riche. Il ne savait comment la dépenser. Il regarda l'enfant, l'héritier d'une telle richesse.

1. Supplie.
2. Dont on ne peut pas guérir.

L'enfant dormait sur sa botte de trèfle ; il ne semblait pas comprendre toutes les ressources de l'héritage paternel. L'homme réveilla l'enfant dont la robe soulevée laissait paraître la chair jeune où le froid venait mordre avec plaisir.

– Allons, petit, lève-toi. Nous partons.

L'enfant, réveillé, regarda autour de lui dans l'étroite boutique et chercha l'objet de son rêve. Il croyait trouver un mouton. Il ne trouva qu'une solitude lugubre qui lui entra dans le cœur.

– Père, dit-il, j'emporte le trèfle.

Ils sortirent dans la ruelle. L'homme marchait devant roulant dans sa tête des idées trop grandes et qui l'étonnaient par leur ardeur à vivre en lui. L'enfant suivait, à moitié endormi, sa botte de trèfle sous le bras. Maintenant, la ruelle n'était plus éclairée que par quelques mauvaises étoiles. Un ciel bas et sordide pesait sur les toits des masures[1] et les obligeait à ramper sur le sol boueux. Plus loin la ruelle se perdait dans un terrain vague au milieu duquel s'élevaient les huttes du montreur de singes et du sorcier. Chaktour et l'enfant pénétrèrent dans une autre ruelle qui descendait en pente et qui conduisait au café de Saroukh.

L'homme s'arrêta et regarda dans le café. À son grand étonnement il vit Haroussi, qu'il croyait en prison, assis en compagnie d'autres personnalités du quartier. Le restaurateur avait un air taciturne et fumait sa *gosah*[2] en silence ; il semblait présider

1. Petites habitations vétustes et délabrées.
2. Pipe en argile qui sert à fumer l'opium.

à cette cérémonie funèbre. Autour de lui les hommes gardaient une attitude pleine de concentration et de sagesse. On ne pouvait dire à quoi ils réfléchissaient.

Ainsi donc la police avait relâché Haroussi. Sans doute après avoir reconnu que Saadi n'avait pas empoisonné sa femme pour aller au Paradis, comme le lui avait conseillé le restaurateur. Il y avait donc autre chose. Il devait exister un motif plus profond au crime du coiffeur ; peut-être un motif très simple, mais qui, en raison même de sa simplicité, échappait à la connaissance de tout le monde. Ce motif, Chaktour désirait le connaître à tout prix. Toute sa chair misérable brûlait de le découvrir. Il lui semblait qu'au terme de cette découverte, il éprouverait comme du repos et de la jouissance. Tant d'années de misère s'éclairaient de la soif de cette découverte. Il appela Haroussi.

Le restaurateur sortit du café. Il avait l'air d'un qui se croirait le Diable.

– Tu es libre ? demanda Chaktour.

– Oui, pourquoi ?

– Viens faire quelques pas avec moi. J'ai besoin de te parler.

– Surtout ne me demande pas des conseils, dit Haroussi. Je ne sais plus parler ; on m'a coupé la langue !

– Qui t'a coupé la langue ?

– Je ne sais plus répondre aux questions. Tu m'as vu tout à l'heure assis avec ces hommes. Eh bien, on ne se parle plus ! Nous allons apprendre désormais à vivre sans parler.

Chaktour comprit que le restaurateur ne voulait plus se compromettre et qu'il ne dirait rien s'il ne se sentait à l'abri de toute indiscrétion. Il le prit par le bras et ils s'acheminèrent vers le terrain vague.

L'enfant les suivit en silence. Il allait, soucieux et triste, tenant dans ses bras la botte de trèfle, et croyant à chaque pas rencontrer le mouton de son rêve. Mais ce n'était partout que des chiens sauvages. Ils pullulaient[1] en cet endroit, attirés par l'ampleur des détritus et la promiscuité[2] d'hommes aux métiers farouches et libres. Le montreur de singes avait réussi à en apprivoiser quelques-uns et à en faire des vedettes notoires[3]. Dans ce terrain vague, l'obscurité n'était pas provoquée seulement par la nuit. Il y avait la nuit, mais dans la nuit on décelait la présence d'autre chose, d'une chose qui était plus noire que la nuit : l'âme triste des hommes. Chaktour et le restaurateur s'arrêtèrent dès qu'ils sentirent le ciel libre au-dessus de leurs têtes, et l'espace suffisant autour d'eux. On apercevait, au milieu du terrain, le sorcier, debout sur le toit de sa hutte, en train de se livrer à des pratiques bizarres. Le vent soufflait rageusement, comme s'il voulait chasser toute cette puante misère, amassée là depuis des temps introuvables. Une odeur d'urine et de bêtes mortes dominait toute l'étendue du terrain ; une odeur active et débordante, plus forte que le vent et les années.

– Vas-tu enfin m'avouer, demanda Haroussi, la raison de cette promenade ? Qu'as-tu à me dire ?

---

1. Abondaient.
2. Les voisinages nombreux et désagréables.
3. Reconnues.

– Je voulais te demander pourquoi Saadi le coiffeur a empoisonné sa femme.

– Je n'y suis pour rien, s'écria Haroussi, pourquoi me demandes-tu ça à moi ? Suis-je son père ou sa mère ? J'ai eu assez de malheurs comme cela. Je demande qu'on me laisse désormais tranquille.

Il se tut et regarda droit devant lui. Il vit la boue, il vit les huttes, il vit la tristesse qui montait de la terre et le ciel vorace qui absorbait toute cette tristesse. Il dit d'une voix faible et qui n'était déjà plus la sienne :

– Au fond, pourquoi l'a-t-il empoisonnée ? Oui, pourquoi ?

– Tu vois, dit Chaktour, toi-même à présent tu te le demandes avec angoisse.

– Sais-tu, Haroussi, dit-il après un moment, que les balayeurs se sont révoltés et qu'ils ont frappé leur surveillant ?

– Quand cela ?

– Hier soir. C'est le gendarme Gohloche qui vient de me l'apprendre.

– Et il ne t'a pas dit pourquoi ils se sont révoltés ?

– Non. Il m'a dit que c'est un secret et que je ferais mieux de m'occuper de mes affaires. Je l'ai laissé dire parce que c'est un fils de chien et qu'il peut me procurer des ennuis. Mais tout cela me semble louche. Je voudrais bien savoir...

– Quoi donc ?

– La similitude qu'il y a entre le crime de Saadi et la révolte des balayeurs.

– Crois-tu donc qu'il y a entre ces deux faits un lien quelconque ?

– Pas un lien, mais une même volonté. Une volonté si simple et que je sens partout autour de moi, mais que je ne parviens pas à identifier. Il faut que nous soyons plusieurs pour cela. Nous tous avec nos femmes et nos enfants. Alors elle pénétrera dans nos cœurs, elle se fera terrible et elle grandira en nous. Et lorsqu'elle deviendra immense en nous et que nous ne pourrons plus supporter sa présence dans nos cœurs, nous aussi nous commettrons des actes qui nous paraissent insensés aujourd'hui, mais qui, à ce moment, seront simples et justes.

– Tu en es sûr ? demanda Haroussi.

– Pourquoi me demander si j'en suis sûr ! Tu vois l'enfant là-bas. Tu vois la botte de trèfle. L'enfant voulait un mouton pour la fête. Je lui ai dit que nous étions pauvres. Il s'est mis à pleurer. J'ai pensé : me voici arrivé au fond de la misère. Et puis le crime de Saadi m'est revenu à l'esprit. Il me torturait, il s'accrochait à mon corps. C'est à ce moment que passa le gendarme Gohloche et qu'il m'apprit l'histoire des balayeurs. Je ne compris rien d'abord. Puis, j'ai essayé de comprendre. Du fond de ma misère, je me sentais soulevé par l'action de ces hommes, et leur courage me donnait des forces, et le goût de vivre s'éveillait en moi. En vérité comment t'expliquer ? Je suis bien vieux et tout cela est né en moi ce soir.

– Chaktour, mon frère, dit Haroussi, je sors de prison et je suis bien fatigué, je t'assure. Je ne comprends plus rien. Mais je vais quand même te dire quelque chose. Tout à l'heure tu m'as montré l'enfant et la botte de trèfle pour m'attirer plus près de ton cœur malade. À ton tour regarde ce montreur de singes, là-bas, près de sa hutte. Tu l'as vu ? Ce n'est pas mon fils ; c'est un fils de catin, mais chaque fois qu'il m'arrive de le rencontrer, il provoque en moi la même pensée : pourquoi n'y aurait-il pas des montreurs d'hommes ? On pourra peut-être savoir ce que peuvent faire les hommes.

– Je sais ce qu'ils peuvent faire, dit Chaktour.

– Alors, dis-le moi.

– Je le sais depuis ce soir seulement.

– Dis-le quand même.

– Les hommes peuvent empoisonner leurs femmes, ô Haroussi, ils peuvent aussi se révolter et frapper leur surveillant.

– Cela n'explique rien.

– Cela explique tout. Maintenant j'y vois clair, tellement clair que j'en ai peur. La faute en est à cette botte de trèfle. J'étais couché dans ma misère, étouffé par elle et ne pensant pas à la rejeter. Je ne comprenais pas la vie sans sa présence. Et voici que l'enfant arrive avec une botte de trèfle. Et tout à coup la misère me devient insupportable. Je souffre comme un homme brûlé et à qui on a arraché les yeux, pour qu'il ne puisse pas regarder autour de lui. Une botte de trèfle, et le sens d'une autre vie m'était révélé.

– Quelle vie ?

– Je ne saurais te le dire. Il y a dans l'air des choses qui s'annoncent et qui me disent que notre sang n'est pas tout à fait refroidi. Il y a encore en nous beaucoup de chaleur et de vie.

Une chaleur capable de bien des miracles.

– Tu vas t'installer sorcier ?

– Non, pas moi. Regarde cet enfant qui pleure. Il a sans doute froid, car il est nu sous sa robe. Il n'a pas mangé depuis ce matin. Mais c'est lui le porteur de miracles. C'est lui le sorcier de demain. Je me demandais tout à l'heure, effondré dans ma boutique : « Qui sauvera l'enfant ? » Eh bien l'enfant se sauvera de lui-même. L'enfant n'acceptera pas ce lourd héritage de notre misère. Il aura des bras assez forts pour se défendre. Voilà ce qu'annonce l'air autour de nous. Écoute, Haroussi...

Il y eut un silence qui s'étendit très loin, jusqu'au fond des ruelles boueuses. Le vent s'était arrêté de souffler. La misère du monde était au bout de son destin.

Danger de la fantaisie

Il circulait sur le compte de l'école des mendiants un tas d'histoires vraiment stupéfiantes.

L'origine de ces histoires remonte à une discussion qui eut lieu il y a quelque temps, au café du Pacha, entre le professeur de mendicité Abou Chawali et le lettré[1] Tewfik Gad. Car c'est à l'issue de cette discussion que furent colportés d'innombrables détails, touchant une prétendue innovation, d'ordre esthétique, qui allait, paraît-il, révolutionner l'art de demander l'aumône, sur tout le territoire. Cela faisait supposer les choses les plus invraisemblables. La dégoûtante partialité des uns et la médisance acharnée des autres trouvaient là matière à s'exercer. Les habitants du Terrain-aux-Serpents, qui sont tous de terribles enragés, avaient profité d'une situation aussi insolite pour provoquer un scandale monstre, dont l'originalité désastreuse les séduisait. Une erreur psychologique leur avait fait prendre cette lamentable affaire pour une immense facétie[2]. C'étaient des gens qui n'allaient pas chercher au fond des choses, et se contentaient d'en tirer des conclusions prématurées et toujours de nature scandaleuse. Ils avaient la passion des interminables querelles, des malentendus irrémédiables et de tout ce qui bouleverse la vie sans la finir.

Comment se seraient-ils doutés que les divergences d'opinions qui existaient entre Abou Chawali et le lettré Tewfik Gad cachaient un problème social d'une portée considérable ? Un

---

1. Cultivé.
2. Farce (du latin *facetus*, « bien fait, plaisant »).

seul d'entre eux avait sans doute saisi tout cela, mais c'était Foda, le sorcier, un homme très mystérieux et sur l'intervention duquel on ne pouvait guère compter. Bref, on s'attendait au pire, lorsque les choses se gâtèrent d'une manière soudaine et faillirent tourner au drame.

C'est un jour comme les autres : lent, féroce et affamé de victimes humaines. Personne ne peut dire quelles sortes d'horreurs se préparent à naître, ni préciser le genre de désastres nouveaux qui menacent la vie des hommes. Le froid a depuis longtemps commencé sa pernicieuse[1] besogne. Mais, pour le moment, l'unique inquiétude provient de cette masse de nuages, qui traîne lourdement dans le ciel, et derrière laquelle le soleil s'est complètement égaré.

Les mains enfouies dans les poches de son caftan[2], Abou Chawali traverse le sentier de l'Enfant-qui-Pisse, avec l'allure sinistre et menaçante d'un cadavre ambulant. Il cligne constamment ses yeux malades et s'arrête de temps en temps pour réfléchir. C'est un vieillard d'une soixantaine d'années, à la barbe hirsute et au visage hâve[3] et décharné. Un grand châle en lambeaux flotte sur ses maigres épaules comme les ailes effrayantes d'un oiseau de proie. Sa saleté n'offre rien de remarquable ; elle se confond avec la matière cruelle qui l'entoure. À chaque pas, il risque de glisser dans les interminables flaques d'urine, étendues là comme des pièges obscènes. Le sentier de

1. Dangereuse, malfaisante.
2. Vêtement long et ample, de tissu léger, parfois richement brodé.
3. Amaigri par la souffrance, la faim et la fatigue.

l'Enfant-qui-Pisse conduit à l'école des mendiants. C'est le sentier le plus déchu et aussi le plus étroit du terrain. Les huttes y sont plus misérables et plus crasseuses que nulle part ailleurs ; les vieux bidons à pétrole qui les composent sont crevassés et rouillés à l'extrême. Elles semblent toutes prêtes à crouler, mais la misère éternelle qui les a bâties de ses mains sauvages a laissé sur elles son empreinte d'éternité. Des êtres vivants y habitent ; leurs voix caverneuses résonnent et remplissent l'air d'étranges menaces. Des relents[1] de disputes et de plaintes sordides filtrent à travers les mornes cloisons. Partout se révèlent d'atroces intimités, gisantes et sans espoir. Des ustensiles de ménage traînent sur le sol, reniés par leurs propriétaires et semblables à des objets impurs et inutiles. Les ordures incalculables de plusieurs générations mortes et oubliées fleurissent le long de ce sentier maudit. C'est la fin du monde ; on ne peut pas aller plus loin. La misère humaine a trouvé ici son tombeau.

Abou Chawali s'arrête brusquement et cligne les yeux. Le soleil vient de se dégager de la masse des nuages et cette subite profusion de lumière lui donne l'impression d'un danger issu de la clarté des choses.

Le danger lui apparaît sous la forme d'une couleur vive, singulièrement féconde[2] et semblable à une blessure ouverte dans la terre noire et misérable. Cela a l'air d'évoluer dans un espace flou, insaisissable comme un rêve. Abou Chawali s'approche

---

1. Traces.
2. Riche, généreuse.

avec précaution et reste longtemps à considérer cet éclat pourpre, jailli de l'indestructible hideur de la matière, et qui se trouve être simplement une robe de cotonnade rouge. Mais ce qu'il n'arrive pas encore à comprendre, c'est la présence de cette robe sur le corps de la petite Nosse, l'une de ses meilleures élèves. C'est quelque chose d'inouï que la présence de cette robe sur le corps de la petite Nosse ; quelque chose de terrible comme l'apparition soudaine d'une folie collective.

Abou Chawali se souvient alors que la petite Nosse n'a pas paru à l'école depuis plusieurs jours. Il la croyait malade ou simplement morte. Et voilà qu'il la rencontre à présent en toilette tapageuse, le visage propre, souriant, et peut-être même fardé. Enfin une drôle de façon pour aborder le regard des gens charitables. Abou Chawali se baisse, saisit le bras de la petite Nosse et commence à le tirailler, voulant par cet acte excessif se rendre compte de son évidente réalité. Puis il se met à l'invectiver[1] d'une manière brutale et obscène, la traitant de débauchée et de fille de putain. Alors la petite Nosse pleure et pousse des hurlements jusqu'à ce qu'Om Akouche, sa mère, paraisse sur le seuil de sa hutte. C'est une odieuse commère, invincible comme un mur et qu'on cite comme l'héroïne de plusieurs querelles sanglantes, où des hommes qui n'étaient pourtant pas malingres[2] furent rossés par elle et exposés à la honte de tout le terrain. Elle arrive comme une mer déchaînée.

1. L'insulter.
2. Délicats, d'une santé fragile et d'une constitution faible.

Abou Chawali la voit venir vers lui et ferme les yeux comme pour échapper à une vision catastrophique.

– C'est ma fille que tu traites de fille de putain, ô vieillard incapable ?

La voix d'Om Akouche fait trembler le monde. C'est une voix sans sexe, terrible comme la fatalité.

– Ô Om Akouche, dit Abou Chawali, comment appelles-tu ça ? Par Dieu c'est un travail raté. Que fait ta fille dans cet accoutrement ? Vas-tu en faire une débauchée ?

– Débauché toi-même. Crois-tu que tous les gens te ressemblent ? Ô âne crasseux ! Allons, laisse cette petite tranquille. Elle n'a pas besoin de tes sales conseils, ô fils de mendiante.

Abou Chawali désire battre en retraite, mais sa conscience est engagée dans une lutte inégale. Il défend une idée sociale. Derrière lui il y a toute la masse des pauvres. Un enfant pisse non loin de là, avec un bruit d'averse. Les rayons du soleil jouent dans les flaques d'urine.

– Explique-moi. Que signifie cette mascarade[1] ? Es-tu devenue folle, ô femme ?

– Que veux-tu que je t'explique, ô vieillard gâteux. Est-ce que nous te devons quelque chose ?

– Quel est le fils de chien qui t'a appris à parler ainsi, ô femme ignorante ? C'est un langage de personnes repues[2]. Mais bientôt tu crèveras de faim avec tes enfants. Ne viens pas alors me raconter des histoires. Je ne t'écouterai pas.

---

1. Mise en scène ridicule.
2. Rassasiées.

– Et qui veut te parler, ô sale mendiant ? Est-ce que nous avons besoin de te connaître ? Venez écouter, ô gens, cet infect vieillard qui ose insulter une honnête femme.

Juste à ce moment, le soleil disparaît derrière la masse des nuages et une ombre humide s'étend partout sur la terre. Abou Chawali regarde la robe de la petite Nosse, qui semble à présent ternie, moins vive que sous les rayons du soleil. Cela l'appauvrit quelque peu mais elle garde toujours son cachet de brillante fantaisie. C'est une robe de cotonnade rouge, ornée de minuscules fleurs jaunes. Abou Chawali voit en elle un véritable défi à toutes les traditions du passé, à tous les principes immuables de la mendicité. La hardiesse de cette trahison lui fait supposer d'autres dangers, plus amples, plus indécents. Il se sent pris de vertige, littéralement submergé par cette odeur âcre d'urine, abondamment prodiguée, et qui agit sur lui comme un narcotique.

Le soleil semble avoir disparu pour toujours. Près d'une hutte, un homme, assis sur un escabeau, s'épouille nonchalamment. Une femme passe, portant une bouteille d'eau en équilibre sur la tête. Elle n'est pas pressée ; elle passe lentement et Abou Chawali remarque qu'elle est enceinte.

– Je te laisse, ô femme perverse, dit-il enfin. Que puis-je te dire ? Ton cerveau est pareil à celui d'une bufflesse[1]. Quant à ces nouveautés éphémères, je crache dessus.

Et il crache dans la direction de la petite Nosse.

---

1. Femelle du buffle, ruminant voisin de bœuf.

– Ô assassin, hurle Om Akouche. Venez voir, ô gens, ce bandit qui s'attaque aux petites filles.

C'est d'abord un tumulte inconscient et qui ne semble pas être grave. Puis on entend quelques cris, soutenus par une vague d'imprécations homicides, où l'on discerne avec angoisse la voix implacable d'Om Akouche. Puis le tumulte devient plus dense, plus acharné, comme s'il se heurtait à une puissance gigantesque. Alors les gens du terrain comprennent qu'un délire a éclaté quelque part et ils se précipitent tous vers le lieu du tumulte. Sans rien demander, sans s'inquiéter du motif, ils prennent l'affaire en mains, se lancent des injures et créent d'inutiles et irrémédiables confusions.

Abou Chawali ne sait pas combien de temps ont duré ces noces douloureuses, ni comment il s'est dégagé et a pu fuir.

L'école des mendiants se trouve au bout du sentier de l'Enfant-qui-Pisse, dans un endroit appelé la place du Palmier. C'est une vieille masure à l'état de ruine, effroyablement noyée dans les immondices. Elle sert en même temps de demeure à Abou Chawali. La semaine dernière on y a découvert un serpent d'une longueur macabre, qui manqua briser, par une mort prématurée, la carrière de plusieurs petits mendiants. Depuis, les petits mendiants sont tous devenus méfiants et regardent autour d'eux avec des yeux inquiets. Les aveugles, eux, s'accrochent à leurs camarades, attendant l'heure pour déguerpir. Mais le serpent n'a pas reparu ; on pense qu'il a dû se réfugier chez Foda, le sorcier, car on a vu ce dernier parcourir le terrain à la recherche d'étranges nourritures.

À l'intérieur, la masure offre l'aspect d'une caverne redoutable et lugubre. Abou Chawali est assis, jambes repliées, sur un grabat[1] recouvert d'une multitude de chiffons, dans lesquels il semble incrusté. De sa place il domine l'amas de petits mendiants, accroupis à ses pieds dans des attitudes extraordinairement résignées. Sa vue plonge parmi cet amoncellement de nudités sanglantes et d'affreux haillons. Dans la main droite, il tient un bâton avec lequel il secoue les petits corps endoloris, les redresse et parfois leur donne un semblant de vie. Il n'a pas encore commencé sa leçon. Le choc qu'il vient de subir le rend méditatif et l'empêche de prodiguer les précieuses richesses de son enseignement. Il ne s'en est pas encore remis. Par moments, il profère d'incertaines menaces contre des êtres invisibles dont le tort semble démesuré. Il ressasse longuement et avec haine l'injure faite à son prestige et à sa dignité d'éducateur.

Donc ce maudit Tewfik Gad avait inventé une nouvelle façon de demander l'aumône, une façon inhumaine et fantaisiste, n'ayant aucun rapport avec la réalité. C'était vraiment quelque chose d'impossible ; une mascarade, un désir abject de se moquer du monde. Abou Chawali, lui, répugnait à la fantaisie ; il était partisan du réalisme le plus cru, le plus dénué de complaisance, celui qui prend les clients à la gorge, les étouffe et les rend inaptes à tout genre d'optimisme. Il lui fallait des créatures rassemblant en elles les pires mutilations corporelles, souillées par mille maladies contagieuses et inguérissables. En

1. Lit misérable.

somme, une matière humaine qui fût en mesure d'apitoyer les cœurs pourris et les consciences tarées de l'humanité repue. Et non seulement les apitoyer, mais aussi leur faire peur. Car Abou Chawali portait en lui, profondément enracinée, une idée sociale, pleine de sombres révoltes. Et cette idée rigide et intransigeante ne pouvait se concilier avec les gracieuses fantaisies issues de l'impuissance d'un intellectuel raté. Abou Chawali comprenait qu'il n'avait pas de plus grand ennemi que cet homme. Pourtant l'étrange personnalité de Gad le fascinait malgré lui.

Au cours d'une discussion qu'ils eurent ensemble, au café du Pacha, Gad s'était montré sous un jour invraisemblable. Il semblait évoluer dans une réalité bizarre, due peut-être à l'effet du haschich, car il avait une longue habitude des stupéfiants. Ce soir-là, il avait commencé par raconter des histoires scabreuses[1], puis, tout à coup, sans transition, il avait proclamé que la psychologie était une science magnifique et que l'époque appartenait aux psychologues. Personne sûrement n'avait compris ce que cela signifiait, pas même Aly Mobarak, l'ancien receveur[2] des tramways, un homme qui a pourtant vu et entendu beaucoup de choses. Et lorsque Abou Chawali lui avait demandé une explication, Gad n'avait rien voulu dire. Il avait continué simplement en disant que lui-même avait étudié cette science durant de longues années, ce qui lui permettait de connaître à

1. Indécentes.
2. Employé chargé de vendre les titres de transport.

fond l'esprit de ces foules qui se promènent dans les rues et s'assoient aux terrasses des cafés. Il possédait, disait-il, sur la mentalité de ces êtres gras et rassasiés, installés dans leur abominable félicité, des connaissances étranges et fameuses. Par exemple, il avait compris combien ces êtres-là n'aimaient pas être dérangés dans leur vision optimiste du monde, par l'étalage prémédité de trop affligeantes misères. D'après lui, cela éveillait en eux de vagues remords et les rendait d'une méchanceté incroyable. Dès qu'un petit mendiant déguenillé[1] venait leur offrir le spectacle de sa lèpre ou de sa cécité, ils devenaient complètement dégoûtés, prêts à l'insulte et à l'outrage. Bref, les conditions de la mendicité se trouvaient ainsi réduites à une lutte incessante et désespérée.

Mais le lettré Gad avait trouvé le moyen de remédier à cet état humiliant, qui faisait de la mendicité un travail agressif et barbare. Il avait tout simplement supprimé la pitié comme moyen tactique. Délaissant les bases anciennes et établissant des données nouvelles, il ne comptait plus sur l'apport des misères tangibles[2] et fortement nuancées. La pitié était un sentiment mort et dont on ne pouvait plus attendre le moindre secours. Dorénavant les pauvres ne devront plus provoquer de la pitié, mais de la sympathie. La sympathie était un sentiment encore inexploité par la classe mendiante. Jusqu'alors la valeur d'un mendiant résidait dans sa misère crapuleuse[3], ses plaies

1. Vêtu de vêtements en loques.
2. Matérielles, palpables (du latin *tangere*, « toucher »).
3. Malhonnête.

suppurantes[1] et son indicible saleté. Aussi cette race de pleurnicheurs incurables, aux douleurs criardes et à l'aspect mortel, devait disparaître et faire place à une foule de petites créatures habillées comme des poupées en sucre, et aux attitudes naïves et charmantes. Par leur maintien et leurs gestes pleins d'une grâce exotique, elles sauront établir chez le client un courant de sympathie, vite récompensé, car rien ne plaît à l'homme satisfait comme le spectacle qui l'émeut d'une manière agréable, sans le salir ni l'effaroucher. Il était certain que tous les idiots sentimentaux de la ville européenne seraient séduits par l'attrait irrésistible de ce pittoresque nouveau.

Telle était, exposée dans ses traits essentiels, la superbe théorie que le lettré Gad avait découverte et mise au point.

Abou Chawali se rappelle tous les détails de cette maudite théorie, avec une hostilité croissante. Ces élucubrations d'intellectuel raté ne sont pas de nature à satisfaire son sens de justice absolue. Il a toujours en vue la grande masse des pauvres. L'originalité d'une pareille conception lui semble recéler un danger sournois, capable de compromettre la lente poussée du temps. Il la considère comme une fantaisie immorale et dégradante. Et il ne peut plus croire que Tewfik Gad ait voulu seulement rigoler en élevant une telle insanité[2] au rang de principe. Le domaine de la théorie avait été largement dépassé. L'exemple de la petite Nosse était un fait unique dans l'histoire

1. Purulentes.
2. Parole sotte, insensée.

de la mendicité, mais un fait réel, ressortissant du domaine pratique. Cette petite Nosse était l'une de ses meilleures élèves. Elle savait s'accrocher au client jusqu'à sa mort et tenait de sa mère des qualités d'endurance et de ténacité vraiment monstrueuses.

Abou Chawali se demande s'il ne va pas encore perdre d'autres élèves et essaye de deviner la réaction de leurs parents en face des idées nouvelles. Il cligne des yeux et regarde fiévreusement à ses pieds. Il peut voir ses élèves, se rendre compte qu'ils ne l'ont pas encore quitté, et qu'il peut se reposer sur la force contenue dans leur âpre misère. Mais les petits mendiants sont là, dans leur déchéance intacte ; il peut les voir et même les toucher avec ses mains décharnées. Ils sont là, accroupis à même le sol de terre battue, offrant au froid et à l'humidité leur corps de suppliciés novices[1]. Et parmi eux il y a des aveugles, des manchots, des boiteux et d'autres atteints de tares définitives. Les murs noirs de la masure les recouvrent d'une ombre hideuse, absolument sans issue. Abou Chawali les contemple en silence, puis durant un instant les imagine habillés de couleurs voyantes, leurs visages propres, souriants et tous pareils aux véritables enfants des véritables hommes. Mais cette vision grotesque le glace d'effroi et il lance, en tremblant sur son grabat, les insultes rituelles :

– Fils de porcs, maudits. Est-ce que vous venez ici pour dormir ? Allons, réveillez-vous, la leçon commence.

1. Inexpérimentés.

Alors les petits mendiants remuent et prennent des attitudes conformes à la gravité de l'heure.

C'est au tour de la petite Olla, une nouvelle recrue dont le cas semble très intéressant. Elle se lève du sol et vient se mettre debout devant Abou Chawali. Elle tient dans ses bras un enfant de quelques mois, aveugle de naissance et enveloppé dans toutes sortes de chiffons sales. L'enfant semble mort depuis longtemps et son visage est d'une pâleur verte.

– Alors, c'est ton tour, grogne Abou Chawali. Qu'est-ce que tu fais avec ce paquet dans les bras ? Est-ce que par hasard tu te promènes avec ton trousseau ?

– Ce paquet est mon frère, dit la petite.

– Ah ! c'est ton frère ! Approche que je le voie.

La petite Olla s'approche et tend à Abou Chawali l'immonde paquet de linges sales qui enveloppe son frère. Le visage verdâtre du nouveau-né émerge seul du paquet, calme comme celui d'un mort. Abou Chawali se penche, reconnaît la nature du sujet et semble un instant réfléchir. Pour une pareille exhibition, il faut une technique appropriée.

– C'est bien, dit-il, nous verrons ça plus tard. Va t'asseoir maintenant. Et surtout fais bien attention qu'il ne s'étrangle pas dans ce paquet. Est-ce qu'il mange ?

– Non, répond la petite. Parfois seulement il ouvre la bouche.

– C'est bien, c'est bien, va t'asseoir.

La petite Olla rejoint sa place parmi ses camarades. Abou Chawali attend un moment, puis il appelle le petit Kika.

– Viens ici, fils de porc, et dis-moi ce que tu sais.

– Au sujet de quoi, maître ?

– Comment, au sujet de quoi, ô fils de ta mère ! Est-ce que tu crois que nous jouons ici à la marelle ? Allons, récite-moi la leçon d'hier. Comment procèdes-tu avec un client qui porte un costume neuf ?

Un silence embarrassé suit la question.

– Tu ne le sais pas, fils de porc.

L'élève Kika n'est pas très intelligent ; une lourde et néfaste[1] hérédité pèse sur lui. Il reste là immobile, les bras fortement croisés, pour maintenir les mains sous la chaleur des aisselles. Il a l'air perplexe et très malheureux. Son visage d'une propreté relative luit dans la sombre hideur de la masure. Abou Chawali remarque cette blancheur insolente, et entre dans une colère folle.

– Mais approche donc ! Par Allah ! est-ce que je rêve, ou bien c'est vrai, que tu t'es lavé le visage ! Allons, réponds-moi ou je te coupe la gorge. Tu m'entends, fils de porc.

Une terreur sauvage saisit le petit Kika dans tout le corps. Il ne parvient pas à proférer une parole. Mais la mine farouche[2] d'Abou Chawali le décide à parler.

– Avant-hier, ô maître, il a plu. L'eau de la pluie est venue sur mon visage. Ce n'est pas ma faute.

– Et tu ne pouvais pas te cacher de la pluie, ô âne ? Ton visage

1. Mauvaise, funeste.
2. Déterminée.

ressemble à présent au cul d'un singe. Que vais-je faire d'une pareille beauté ? Va-t'en ; je te chasse.

L'enfant ne bouge pas. Il ne sait pas ce qu'il doit faire. Il ne comprend pas comment Abou Chawali le chasse de l'école.

– Alors, tu ne veux pas partir, hurle Abou Chawali.

– Où irai-je ? demande le petit.

– Tu iras chez ta mère, espèce de buffle. Tu lui diras de ma part que je ne veux plus te voir ici, parce que tu risques de débaucher tes camarades avec tes allures de fils de famille et ton goût immodéré de la propreté. Car il y a longtemps que je te surveille, mon petit. Depuis longtemps je me rends compte que ton aspect devient de plus en plus inusité dans un endroit comme celui-ci. Seulement ta mère est une pauvre veuve malade et elle n'a que toi pour la nourrir. Et elle t'avait confié à moi pour que je fasse de toi un homme, un véritable, et non un éphèbe[1] des rues. Mais Dieu décide de tout, mon fils ; tu n'es pas fait pour devenir un mendiant. Allons, file d'ici.

Le petit Kika comprend que tout est fini, tout, jusqu'à son existence même. Il n'a plus aucun doute ; il est chassé de l'école. Comment se présentera-t-il devant sa mère ?

Le cœur serré, il regarde une dernière fois ses camarades, puis se décide lentement à partir. Quand il est dehors, il se met à pisser avec une infinie tristesse.

Maintenant Abou Chawali parle à ses élèves de la nécessité d'être constamment sales et de l'influence qu'exerce la saleté sur

1. Jeune homme d'une grande beauté.

la décision des clients. Il donne quelques exemples violents à l'appui de sa thèse, puis les renvoie tous et se met à réfléchir. Tout d'abord, il essaye de trouver à la nouvelle école un caractère inconsistant et éphémère. Il se dit que c'est une mode funeste[1] mais qui passera avec le temps. On ne pouvait marcher contre les traditions ni se débarrasser facilement d'habitudes et de conventions établies depuis une éternité. Avait-on encore jamais vu des mendiants se promenant dans les rues, accoutrés comme des saltimbanques et provoquant la sympathie des gens honorables ? Même si cela obtenait un succès quelconque, ce ne pouvait être qu'un succès de curiosité. Les gens de la ville s'apercevraient bien vite que ce n'était qu'une farce abjecte destinée à les tromper. Personne ne s'y laisserait prendre longtemps. On ne pouvait cacher les ravages d'une indigence[2] millénaire, ils transparaîtraient forcément, malgré les fards et les déguisements.

Abou Chawali croit fermement à la vertu de l'effroi. Des mendiants ignobles et qui jetteraient partout l'effroi, voilà l'image qu'il se fait de la force. La force des pauvres est dans leurs guenilles[3] et dans leurs faces de suppliciés. On ne peut leur arracher cette force ; elle demeure la seule sauvegarde de leur tragique destinée. C'est avec elle qu'ils se défendent contre le monde criminel des puissants et c'est avec elle également

1. Mauvaise, néfaste.
2. Misère.
3. Vêtements en loques.

qu'ils parviendront à impressionner ce monde, à le ruiner dans sa sécurité et son bien-être.

Abou Chawali est emporté par sa propre fougue. L'idée lui vient, comme ça, d'aller discuter avec Tewfik Gad. Peut-être lui fera-t-il comprendre que l'existence des pauvres ne peut être résolue d'une façon aussi fantaisiste. Cette entrevue lui semble une nécessité absolue. Mais ce sera pour un autre moment ; à présent il veut faire sa sieste. Il a besoin de repos car sa querelle avec Om Akouche l'a énormément fatigué.

Lorsque Abou Chawali se réveille, il fait déjà nuit. Il commence, à tout hasard, par lancer quelques blasphèmes à l'adresse de ses élèves, mais personne ne lui répond. Alors il sort de la masure et se dirige vers le sentier du Pacha, l'artère principale du terrain. Il a décidé d'aller chez Tewfik Gad.

La nuit est profondément enfoncée dans la terre. Il fait morne et froid. Çà et là, quelques feux de bois brûlent sans grande conviction. Des gens accroupis sur le seuil de leurs huttes trompent leur faim en se livrant à des conversations oiseuses[1], tandis que d'autres, cachés derrière d'invraisemblables cloisons, font inlassablement l'amour. Des enfants abrutis de misère et de fatigue dorment sans se douter du froid, parmi les immondices et les excréments. Abou Chawali reconnaît tout ce monde, tous ces êtres désolés et marqués par un destin impitoyable. Ce sont pour la plupart les parents de ses

1. Inutiles, vaines.

élèves. D'habitude leurs saluts sont empreints de considération et de respect. Mais ce soir il croit discerner en eux une certaine méfiance. Quelques-uns lui lancent au passage des quolibets[1] infâmes. Abou Chawali a conscience d'un complot qui se trame contre lui et s'arrête, hésitant, près du sentier des Voleurs.

Une clarté unique mais abondante brille non loin de l'endroit où il s'est arrêté. C'est le café de Hamed Farghali surnommé le Pacha, parce qu'il est le seul du terrain à posséder trois femmes légitimes. Abou Chawali ne désire pas être vu par le Pacha ni par les gens attablés chez lui en ce moment. Il sait qu'on le questionnera sur les événements du matin et il veut éviter les discussions avant d'avoir vu Tewfik Gad.

Abou Chawali tourne à droite et s'engouffre dans le sentier des Voleurs. Là, l'obscurité est définitive et il doit marcher en côtoyant les huttes. Un silence sinistre règne dans ce sentier inabordable où habita, dit-on, le plus grand assassin du monde. Après quelques minutes, Abou Chawali parvient en tâtonnant à reconnaître la hutte de Tewfik Gad. Elle est faite de planches de bois pourries et mal jointes et se distingue par les courants d'air qui la traversent en sifflant. Abou Chawali découvre non loin de là une grosse pierre et va s'asseoir dessus. Il préfère ne pas entrer chez Tewfik Gad, mais plutôt le rencontrer lorsqu'il sortira de chez lui. Ils seront ainsi plus à l'aise pour parler. En vérité, il craint d'être impressionné par l'intimité de cet homme étrange.

Abou Chawali sait que Tewfik finira par sortir de chez lui. Il

---

1. Railleries.

connaît comme tout le monde le mal dont souffre celui-ci et la tragique coutume issue de ce mal. Le lettré Gad était atteint de diarrhée chronique, ce qui l'obligeait à aller plusieurs fois par jour aux latrines[1] publiques, situées à un kilomètre de là, à proximité de la ville européenne. On le voyait toujours courant sur la route, le tarbouche[2] enfoncé jusqu'aux oreilles et faisant avec sa canne d'absurdes et dangereux moulinets.

Étendu sur sa natte, Gad essaye de saisir la nature d'une présence qui, depuis un moment, se manifeste d'une manière imperceptible et bizarre. « Ce n'est certainement pas un voleur », se dit-il. Il veut se lever, mais il sent comme une lourdeur dans les membres. Cette présence insolite l'effraye et il commence à suer comme sous l'effet d'une forte fièvre. Pourtant il se soulève sur ses coudes et considère l'épaisse noirceur qui l'entoure, tâchant de surprendre quelque indice révélateur. Mais il est impossible de voir quoi que ce soit dans cette obscurité. Gad se penche à droite, cherche un morceau de bougie qui traîne par terre et l'allume. C'est alors qu'il se rend compte d'un spectacle extraordinaire et en même temps rassurant. Dans un coin de la hutte, se tient, dans une pose immobile, une grosse poule au plumage doré, les yeux fixés sur Gad comme si elle voulait l'hypnotiser. Gad est d'abord surpris et enchanté par cette poule. Ensuite il se demande comment elle a fait pour pénétrer chez lui. Il sait que dans tout le terrain per-

1. Toilettes sommaires.
2. Bonnet rouge cylindrique avec un gland de soie, appelé ailleurs « fez ».

sonne n'a l'habitude d'élever des poules. La dernière de cette espèce qui ait visité le terrain est celle que le Pacha s'était offerte comme repas, il y a deux ans, à sa sortie de prison.

Gad est très perplexe. Que peut signifier cette fantastique apparition ? L'immobilité de la poule le tient lui aussi dans une immobilité grave et réfléchie. Il y a longtemps qu'il n'a pas vu une poule de si près. Et puis, il y a un étrange magnétisme dans les yeux de cette poule. Gad se sent attiré par elle comme par une dangereuse apparition charnelle, pleine de grâce et de féminité. Elle le fascine nettement. Son corps tressaille sous la poussée d'un brusque désir, qui le remplit d'extase et d'effarement. Il reste immobile sur sa natte, fasciné par les grands yeux de cette poule au plumage doré et qui semble prendre les apparences d'une femme sensuelle, prometteuse de vices ignorés.

Il semble à Gad que la poule a bougé. Il a le sentiment qu'un éclatement imperceptible va se produire et que vraiment une femme magique et voluptueuse sortira de cette poule en balançant les hanches. Une figure adorable sortie de la pourriture et de l'infâme nuit. Peut-être aussi un esprit gracieux vaincu par la misère et qui va bientôt se libérer. Gad attend ce miracle, haletant, comme prêt à s'évanouir.

Un temps infini passe, mais rien ne se produit. La bougie maintenant s'est éteinte. L'attention de Gad se dilue dans l'obscurité et il se sent tout à coup la proie de fortes douleurs. Toujours cette maudite diarrhée. Alors il se lève de sa natte, ramasse par terre sa canne et son tarbouche et sort en courant.

Abou Chawali a vu sortir Gad et sans attendre se lance à sa poursuite.

– Arrête-toi, Gad effendi[1], crie-t-il. J'ai à te parler.

Gad s'arrête, étonné, mais son étonnement est de courte durée, car il a autre chose à faire.

– Bonsoir, maître, fait-il. Je n'ai vraiment pas le temps. Je suis pressé. Ce sera pour une autre fois.

– J'ai à te dire des choses graves, souffle Abou Chawali d'un air inspiré.

– Soit, je t'écoute, dit Gad. Mais je t'avertis que je suis très pressé.

Ils sont maintenant sur la route. De loin en loin les réverbères du gouvernement brillent ostensiblement. À gauche, il y a la voie du chemin de fer et, tout à fait devant, il y a la ville avec ses mille lumières attirantes et perverses.

Gad marche en faisant des grimaces atroces. C'est un homme d'une cinquantaine d'années, habillé d'un costume de drap marron, complètement fripé et qu'il n'enlève jamais. Il se tourne vers Abou Chawali et veut lui expliquer sa situation, mais les douleurs le reprennent et il est obligé de presser le pas. Au bout d'un moment, il demande :

– Tu vas aux latrines, maître ?

– Non, répond Abou Chawali. Je t'accompagne seulement. Mais à propos, dis-moi, tu ne peux pas faire tes besoins comme tout le monde, près de la hutte ?

---

1. Titre donné aux gens instruits, aux notables.

– Comment te dire, maître. C'est une longue histoire. Mais je ne peux pas faire ça en plein air.

– Ah ! je comprends. Tu as peut-être peur que l'on voie ton derrière.

Gad ne répond pas. Cette plaisanterie vulgaire lui déplaît et il presse davantage le pas, dans l'intention de se débarrasser du professeur. La vérité est qu'il conserve encore ses instincts d'ancien bourgeois, nourri de préjugés. Il a des scrupules d'homme cultivé. Pour un intellectuel comme lui, faire ses besoins en plein air équivaut à une trahison envers l'esprit.

Abou Chawali aborde le sujet qui lui tient au cœur.

– Je suis venu, Gad effendi, pour te parler d'un danger qui menace le monde des pauvres.

– Quel danger, maître ?

– Le danger de la fantaisie.

Il y a un silence, pendant lequel Gad essaye d'échapper à l'emprise du professeur. Au fond, ce milieu où il est obligé de vivre lui fait horreur. Il a un dégoût instinctif pour tout ce monde réel et misérable. Il aime mieux se divertir dans des situations extraordinaires. Le domaine de la fantaisie est si varié. Il pense à cette poule au plumage doré et aux yeux de femme voluptueuse, qui a soudainement disparu. Il y a dans la vie des choses fantastiques et Gad aime ces choses-là. Pourtant il se tourne vers Abou Chawali et demande d'un air intéressé :

– Que disais-tu, maître ?

– Je disais, Gad effendi, que, pour nous, la fantaisie est un danger. Nous avons besoin d'autre chose.

– Et de quoi donc avons-nous besoin, maître ?

– Nous avons besoin de réalisme, dit avec force Abou Chawali.

Ce mot de réalisme paralyse toutes les facultés de Gad. Il ne sait que répondre. Il se demande s'il ne ferait pas mieux de parler au professeur de cette poule aux yeux magnétiques, qui a tenté de le séduire comme une prostituée. En vérité il ne comprend pas encore ce que lui veut le professeur. Et pourquoi cette conversation inutile ? Il tente de s'échapper en pressant l'allure, mais Abou Chawali le retient par le bras.

– Tu as jeté parmi nous le germe néfaste de la fantaisie, déplore Abou Chawali. Et maintenant que vas-tu faire ?

– La fantaisie est une belle chose, maître.

– Elle sera funeste pour nous.

Cet intellectuel raté ignore la véritable misère ; la misère absurde et immuable qui prend les hommes à leur naissance. Sa misère à lui est encore une fantaisie passagère et non inéluctable[1]. Elle est voulue par lui qui s'est laissé aller à elle. Il peut s'en débarrasser comme d'une chose qu'on jette et qu'on oublie. Mais eux, ils ne peuvent pas. Il faut la lente marche du temps pour préparer l'éclatement formidable qui les délivrera.

– Dis-moi, Gad effendi, vas-tu ouvrir une école ? Il faut que je sache.

– Une école de quoi, maître ?

---

1. Qu'on ne peut empêcher.

Vraiment il ne comprend rien à tout ça. Il continue à faire des grimaces horrifiantes.

– Une école de mendiants, Gad effendi. Ne veux-tu pas mettre en pratique ta superbe théorie ?

– Qui t'a raconté cela, maître ? Je n'ai pas l'intention d'ouvrir une école. Sur mon honneur, je ne comprends rien à tout ce que tu dis.

– Il y a quelques jours, expliqua Abou Chawali, tu nous a parlé d'une certaine science appelée psychologie. C'était au café du Pacha, et il y a des témoins. Tu nous as parlé aussi d'une nouvelle façon de demander l'aumône. Une façon tout à fait fantaisiste. T'en souviens-tu ?

– Ah ! oui, je m'en souviens, dit Gad. C'est une idée qui m'avait passé par la tête. Tu ne la trouves pas bonne ?

– Je la trouve monstrueuse.

– Et pourquoi cela ?

– Parce qu'elle porte atteinte à notre dignité de pauvres. Tu veux nous faire passer pour des saltimbanques ? Nous ne voulons pas nous déguiser en saltimbanques pour avoir le droit de vivre. Ce que l'on nous donne, il faut que nous l'obtenions par des moyens dignes et réels. Veux-tu leur faire croire que nous sommes heureux ? Il faut que nos enfants apparaissent tels qu'ils sont en réalité, c'est-à-dire immondes et crasseux et qu'ils traînent dans les rues comme de vivants reproches. Il faut que le monde nous craigne et qu'il sente monter autour de lui l'odeur nauséabonde de notre énorme misère.

– J'ai pensé, dit Gad, qu'un certain pittoresque faciliterait amplement les affaires.

– Nous ne voulons pas servir d'élément pittoresque. Le pittoresque doit périr. Nous voulons être un peuple réel, un peuple qui souffre et dont les blessures sont apparentes et tangibles. Comprends-tu, Gad effendi. Voilà ce que je voulais te dire.

Gad hésite un moment, puis il dit :

– Mais le progrès exige des modifications dans tous les domaines, maître. Je voulais simplement tenter une expérience.

– La mendicité ne subira pas de modifications. Elle devra rester telle qu'elle est ou bien disparaître complètement de la surface de la terre.

Ils restent un moment sans parler. Autour d'eux il y a la vie qui passe ; la vie qui est au-dessus des rêves et des vengeances et que rien ne peut arrêter. Gad fixe la route devant lui et mesure du regard la distance qu'il a encore à parcourir avant d'atteindre les latrines publiques. Il veut courir, mais Abou Chawali le tient toujours par le bras. Des chiens aboient près d'une hutte abandonnée. Les deux hommes courent maintenant sur la route. Un train illuminé passe sur la voie ferrée en faisant un bruit infernal.

Ils approchent de la ville. Les réverbères se font plus nombreux et plus éclatants. La civilisation se fait sentir comme ça, aux lumières qu'elle prodigue autour d'elle pour aveugler les gens.

– Je ne sais ce que nous réserve l'avenir, soupire Abou Chawali.

– L'avenir, dit Gad, est au bout de cette route, dans ce petit bâtiment que tu vois là-bas.

Abou Chawali regarde au bout de la route. Ce qu'il voit n'est pas précisément un endroit qualifié pour abriter l'avenir.

– Mais ce sont les latrines publiques, fait-il, ahuri.

– C'est bien ça, maître. L'avenir est dans ces latrines publiques, du moins pour le moment.

Il ne peut plus se contenir. Il court droit devant lui, vers l'avenir.

Abou Chawali reste tout seul au milieu de la route. Il regarde le ciel sombre, puis regarde aussi devant lui. Mais devant lui il y a la ville vorace et criminelle. Et il voit l'avenir inscrit en taches sanglantes au centre de cette ville.

Les affamés ne rêvent que de pain

La clarté lunaire donnait l'impression d'un jour singulier, venu là exprès pour surprendre la honte des hommes.

Ils étaient nombreux les hommes, et la terre si petite ! Et chacun d'eux cherchait quelque part où être seul, où pouvoir se cacher.

Quelques-uns rentrèrent dans leur taudis infâme et s'enfermèrent avec l'espoir que viendrait une autre nuit, une vraie nuit opaque et noire où personne ne verrait son voisin.

D'autres qui ne savaient où aller, car ils étaient très pauvres et n'avaient même pas de taudis, moururent de leur honte.

Il ne restait plus que quelques hommes, quelques fantômes qui voulaient encore jouer avec la vie, la dépasser dans ce qu'elle avait d'atroce et de chimérique[1].

C'était dans la rue et juste devant la maison de Hamido Bey, un homme d'une rare valeur vu qu'il possède, à lui tout seul et sans l'aide de personne, trois maisons dans le même quartier. (Ce n'est pas pour le dénigrer, mais les gens prétendent qu'il les a volées.) Abou El Noum, le cocher de fiacre qui l'a connu dans sa jeunesse, raconte à son sujet beaucoup d'histoires immondes et naïves, entres autres celle où il dit que Hamido Bey s'adonnait dans le temps au trafic des stupéfiants. Mais tout le monde aujourd'hui s'adonne un peu au trafic des stupéfiants. Ce détail reste donc mesquin et sans importance.

Passèrent d'abord un vieillard aveugle traîné par un enfant

---

1. D'irréel (dans la mythologie grecque, la chimère est un monstre à tête de lion, ventre de chèvre et queue de dragon).

nu, mais complètement nu et qui n'avait rien fait pour l'être. Mendiant et fils de mendiant. La rue les avala peu à peu, lentement, avec dégoût.

Puis passa une femme mariée qui était très pressée, mais personne ne savait pourquoi.

Puis une charrette avec deux hommes dedans, deux hommes maigres et silencieux.

Puis quelques vagues échantillons de l'humanité crasseuse, sans couleur ni relief, et qu'on ne peut pas décrire.

Puis la rue redevint ce qu'elle était.

Alors le jeune Adri, l'étudiant en droit, fit son apparition. Il était nu-tête, sans veston, et tenait en laisse sa chèvre Lisa qui ressemblait à un lévrier rachitique. Chaque jour, à neuf heures du soir, le jeune Adri venait rôder sous la fenêtre de la petite Sattuta, la fille de Hamido Bey. L'étudiant passait dans le quartier pour être un peu fou. C'était son père qui, le premier, avait lancé cette nouvelle.

Le jeune homme commença d'aller et venir, l'air d'un qui promène innocemment sa chèvre et ne pense pas à autre chose. Parfois il levait les yeux et regardait dans la direction de la fenêtre dans l'espoir de voir apparaître la jeune fille, puis se remettait à marcher. Tout cela simplement sans la moindre ostentation. Il était sûr que personne ne remarquait son manège.

En réalité, cette promenade du jeune étudiant sous la fenêtre de sa bien-aimée ne restait pas tout à fait inaperçue. Quelqu'un de très bien, un personnage d'élite, remarquable à son front vaste de génie méconnu et à ses yeux pâles, indice d'un tempérament fougueux, s'y intéressait d'une façon intense. Ce personnage (un ancien acteur qui s'appelait Sayed Karam) occupait une chambre au troisième étage de la maison de Hamido Bey et, de sa fenêtre qui donnait sur la rue, il avait observé le va-et-vient de l'étudiant, d'abord avec une neutralité bienveillante, ensuite avec une franche nervosité. Le spectacle extravagant d'un amoureux promenant sa chèvre sous la fenêtre de sa bien-aimée l'irritait non par son côté absurde et insolite, mais justement pour la somme d'originalité qu'il y trouvait. Sans vouloir se l'avouer, il jalousait chez l'étudiant certaines attitudes qui faisaient de lui un rival glorieux dans le domaine d'une vie unique et étonnante. Sayed Karam croyait que la beauté d'une vie singulière était sa part propre de ce monde et qu'elle lui avait été dévolue dès sa naissance. Il ne pouvait tolérer qu'un autre s'offrît le luxe d'une existencc bizarre et surtout dans le même quartier. Ce jeune étudiant lui semblait accomplir par là une sorte de crime odieux, la seule sorte de crime qu'aucun être, d'après lui, n'avait le droit de commettre. Tuer un homme dans sa vie vitale et organique, soit ! Cela, il le concevait. Mais se placer en traître dans la conception qu'un homme se fait de la vie, puis par des variantes inadéquates et saugrenues, singer cette forme de vie, cela, Sayed Karam le condamnait impitoyablement. Car il en souffrait trop. Il avait l'impression qu'un autre respirait à sa place, tandis que lui le regardait faire sans bouger.

À chaque étrangeté nouvelle de l'étudiant, Sayed Karam se

sentait amoindri dans l'absolu de sa vie. Quelque chose en lui diminuait lentement, interminablement.

Debout à sa fenêtre (un peu en retrait pour ne pas se faire voir), il suivait avec appréhension les évolutions du couple baroque formé par le jeune Adri et la chèvre Lisa. Ce qui le retenait surtout à cette fenêtre et l'empêchait de se rejeter sur un problème plus personnel qui réclamait en ce moment toute sa souffrance, c'était l'espoir qu'il percevrait peut-être quelque défaillance dans la conduite de ce monstrueux rival. Une irrégularité de tactique, un semblant d'erreur dans la présentation, eussent peut-être soulagé son amour-propre. Mais contrairement à ce qu'il attendait, l'étudiant se comportait d'une façon très digne, très naturelle et sans trace du moindre parti pris. La chèvre Lisa elle-même semblait consciente de son rôle et suivait docilement son maître dans sa curieuse promenade nocturne. Elle y était déjà habituée. Rien à dire sur l'attitude de Lisa en cette occasion. « La chèvre est plus intelligente que lui », pensa Sayed Karam. Vainement il leur chercha un air faux, une note déformante ou simplement de mauvais goût. Non, rien. Aucune inconséquence à noter. C'était, peut-être avec plus d'adresse, ce qu'il aurait fait lui-même ; sa propre manière d'opérer lorsqu'il se lançait dans le domaine de l'extravagance. « Il me vole ma vie ! cet imbécile me vole ma vie. Pourquoi cette chèvre ! maudite chèvre ! Et il l'appelle Lisa. Un nom étranger ; un nom de femme. » Mais bientôt il se mit à mépriser ce jeu d'enfant impubère[1]. « Quand j'avais

1. Qui n'a pas encore atteint l'âge de la puberté.

son âge, je réalisais des prodiges qui faisaient enfanter avant terme les femmes du quartier. Et cet enfant impubère voudrait m'apprendre quelque chose. » Alors, pour fuir ce jeune homme criminel, qui lui volait sa vie, il regarda le ciel et admira la splendeur de la lune. Et au même moment, il pensait à son enfance lointaine et désordonnée.

En ce temps-là, il habitait avec ses parents dans le sous-sol d'une maison du quartier de Sayeda Zeinab. Une bien triste maison, à moitié démolie et d'où les femmes, mégères[1] périlleuses, dirigeaient le peuple des enfants livrés à leurs instincts au fond de la ruelle. L'âcreté d'une telle vie le poussait à des vengeances puériles[2]. Par la lucarne qui s'ouvrait à même la ruelle, il pissait sur les pieds des passants indolents et traînards.

Son père était peintre en bâtiment. Chaque soir, en revenant du chantier, il rapportait avec lui des bidons où l'on dilue les couleurs. Sayed Karam raclait les fonds pour son usage personnel. Il se faisait ainsi une réserve de couleurs diverses dont il se servait à des fins nuisibles. Par exemple, il allait la nuit, avec ses camarades, badigeonner de manière plaisante les boutiques des environs. Cela créait de véritables suicides parmi les commerçants indignés qui n'en finissaient pas de voir leurs respectables boutiques imiter l'étrange éclosion d'une fleur paradisiaque, en changeant journellement de couleur. Encore des

1. Femmes méchantes (dans la mythologie grecque, Mégère est l'une des trois Érinyes, les déesses de la vengeance, représentées avec des serpents en guise de cheveux).
2. Qui manquent de sérieux.

enfantillages où l'initiative personnelle ne se faisait pas sentir. Sayed Karam rêvait d'une action d'éclat où sa personnalité intime se révélerait tout à coup.

L'idée de génie lui vint un soir qu'il n'arrivait pas à dormir. Il était sorti dans la ruelle avec l'intention très nette de faire quelque chose d'immensément tragique, quelque chose de redoutable, et il avait attendu l'inspiration, accroupi sur le sol, le regard levé au ciel. Longtemps il était resté dans cette position lamentable comme un mendiant qui attend toujours, malgré l'indifférence générale, ne voulant pas douter de la bonté humaine.

C'était par une nuit chaude et claire identique à celle-ci. Une nuit extraordinairement limpide et qu'on ne pouvait pas palper avec ses mains. On entrait seulement en elle, on se baignait en elle et elle vous éblouissait de clarté. Partout dans le ciel les étoiles scintillaient pareilles à des fleurs blanches et immobiles. Et la lune, pleine et pure, semblait la reine dénudée d'un royaume charnel. Sayed Karam avait tressailli au contact de cette lune qui lui rappelait la rondeur d'une croupe féminine. Oui, l'apparence de cette lune, impudique comme un morceau de chair nue, exaspérait[1] en lui une longue attente amoureuse. Il faut dire qu'à cette époque le vieux Ramadan, propriétaire du four à pain de la rue des Nobles, avait pour femme une jeune beauté au corps substantiel[2] et à la peau lisse, qui s'appelait

1. Avivait, excitait.
2. Le sens est ambigu ici : il peut tout aussi bien signifier que la jeune femme est un peu dodue ou, de façon plus imagée, insister sur le caractère tangible du corps, par opposition aux fantasmes suscités par la lune, très érotisée.

Hamra. Et Sayed Karam rêvait depuis quelque temps de posséder cette créature charmante, aux formes déjà précisées par son désir, mais tellement intouchables. Car le vieux Ramadan montrait à l'égard de sa femme une jalousie effrénée, sans discernement ; une jalousie close à toute velléité[1] de douceur, uniquement brutale. Aussi tous les moyens d'approcher Hamra s'avéraient irréalisables et Sayed Karam, prostré dans son attitude de misérable, maudissait le destin qui le gratifiait d'un désir aussi difficile à satisfaire.

C'est alors que l'idée avait germé en lui, plus redoutable qu'il ne l'espérait. Sayed Karam s'était mis debout, avait marché droit vers la maison de Ramadan. Un peu avant d'y arriver, il se força à courir pour se donner l'air inquiet, haletant, d'un qui annonce une mauvaise nouvelle. Il se rappelait encore que, juste à ce moment, deux hommes débouchèrent d'une ruelle voisine et se mirent à se disputer bruyamment. Sayed Karam entendit l'un d'eux, le plus jeune, dire d'un ton pénétré : « Ta fille est une sotte, Hag Omar ; par Allah ! c'est une sotte. » Et puis l'autre, probablement son beau-père, qui lui répondait : « Tu aurais dû épouser un ministre, puisque tu aimes tant l'intelligence, espèce d'inverti. » Ensuite ils disparurent dans la large nuit happés par le clair de lune. Il devait être près de dix heures. Le vieux Ramadan devait dormir paisiblement, après avoir dévasté, avec ses manœuvres putrides[2], le corps adorable

1. Tentative hésitante.
2. Nauséabondes.

de sa jeune femme. Le malheur certain de cette pauvre créature fit que Sayed Karam n'hésita pas une seconde ; il frappa avec ses deux mains, de toute sa force, contre la porte. En criant des choses, mais pas du tout vagues, au contraire pleines d'allusions à un four à pain qui avait pris feu et de la nécessité qu'il y aurait à le secourir au plus vite. Le vieux Ramadan n'eut pas besoin de trop d'explications. Il avait vite compris qu'il s'agissait de son four à pain et, sans demander d'autres détails, il s'élança pour l'éteindre. Alors Sayed Karam, lui, se dirigea vers la chambre de Hamra, au corps substantiel et à la peau lisse, et la posséda[1]. Nous ne savons pas comment, mais il la posséda.

Le plus étrange dans cette histoire reste encore à dire, car Sayed Karam ne se contenta pas de posséder Hamra seulement cette nuit-là. À plusieurs reprises et durant des mois il recommença la même blague, et chaque fois le vieux Ramadan se laissa faire. L'esprit démoniaque de Sayed Karam avait eu raison de lui. Il en était arrivé à un état de hantise tel que, les nuits où Sayed Karam ne venait pas lui annoncer la fameuse nouvelle, il les passait sans dormir, dans une effroyable attente. Parfois Sayed Karam, accourant avec son air effaré de circonstance, le trouvait à sa porte, prêt à partir, et ne lui disait rien. Il n'avait qu'à se montrer seulement, l'autre comprenait tout seul et s'en allait éteindre son four à pain.

Une drôle d'histoire. La lune était splendide. Sayed Karam savoura avec plénitude ce souvenir lointain. Sa vie lui sembla

1. Il en fit sa maîtresse.

grandiose et sublime, lourde de toutes les tâches inachevées des hommes. Il fit quelques pas dans sa chambre, puis de nouveau revint à la fenêtre. Il y avait très peu de meubles dans cette chambre. Sa seule et principale curiosité était un grand fauteuil en bois doré, un ancien accessoire de théâtre, qui servait de trône à Sayed Karam lorsqu'il interprétait les rôles de rois fous ou dégénérés du répertoire classique. À part ce témoin de sa vie d'artiste, on ne voyait qu'un étroit divan-lit recouvert d'une étoffe rouge, ternie et déchirée par endroits. Puis, dans un coin contre le mur, une table haute et large surmontée d'une glace. Des livres aussi traînaient un peu partout, mêlés à des ustensiles de cuisine. La clarté lunaire, qui pénétrait du dehors, noyait tous ces objets dans son eau vertigineuse et les rendait problématiques et illusoires, comme faisant partie d'un rêve.

En bas, dans la rue, le jeune Adri accomplissait avec un sérieux exemplaire sa mission de chaque nuit. Il ignorait qu'il fût observé. C'est pourquoi il ne se livrait nullement à des excentricités outrancières, jugées inutiles dans un lieu dépourvu de spectateurs. Bien que sachant où habitait Sayed Karam, l'étudiant n'avait pas pensé à lui. Il le connaissait, mais le fréquentait à peine. Il le mésestimait[1] complètement. Pour lui, Sayed Karam était un acteur, c'est-à-dire un être vivant dans la peau de personnages fictifs et par conséquent sujet à toutes les folies. Il ne voyait là aucun apport personnel, aucun don particulier. Sayed Karam plagiait la personnalité de quelque héros de

1. Dépréciait, sous-estimait.

théâtre, s'appropriait ses manies, puis venait faire l'extravagant devant un groupe de personnes inexpérimentées. Tandis que lui, Adri, bien que jeune encore, ne créait que du neuf et de l'inédit. Dernièrement encore, n'avait-il pas montré un esprit vraiment original en achetant cette chèvre à la veuve d'un montreur de singes qui venait d'être écrasé par une auto ? Tout le quartier avait été sidéré lorsque, pour la première fois, il sortit de chez lui tenant en laisse la chèvre Lisa encore en deuil de son ancien maître. Son propre père fut près de le renier pour toujours. Quant à certaines personnes (les plus aisées du quartier), elles le signalèrent à la police comme révolutionnaire et s'attendaient d'un jour à l'autre à le voir arrêté. Pourtant, cela n'amenait pas le résultat escompté. Malgré cette folie d'un genre nouveau, la petite Sattuta ne semblait pas enthousiasmée outre mesure. Elle demeurait toujours si distante, vraiment si impossible à atteindre.

Le jeune Adri estimait que, pour gagner l'amour de cette petite vierge de quinze ans, une nouvelle échelle des valeurs dans le domaine du fantastique était nécessaire. Aussi s'ingéniait-il à éliminer successivement plusieurs formules, lourdes ou banales, considérées comme indignes, pour les remplacer par d'autres aux nuances subtiles et illimitées. L'achat de la chèvre lui paraissait une étape suffisante dans cette voie. Et il ne comprenait pas pourquoi la petite Sattuta refusait d'y voir une création superbe de son amour. En réalité, la petite Sattuta s'amusait fort des trouvailles de son admirateur, mais, esprit très enfantin, elle ne leur découvrait pas ce charme étrange et imprévu que leur voulait l'étudiant. Elle les accueillait simplement comme des folies naturelles et inhérentes à son âge. Voilà ce que le jeune Adri ne pouvait pas savoir, parce qu'il manquait encore de psychologie.

Il descendit jusqu'au bout de la rue, revint sur ses pas, puis se mit à caresser la chèvre Lisa qui s'ennuyait mortellement. Une fois de plus, il regarda vers la fenêtre de la jeune fille, mais ce fut en vain. La petite Sattuta ne se montrait toujours pas. Apparemment, la jeune fille dormait tranquillement dans son lit sans se douter de sa présence. Ainsi donc, cette promenade sentimentale finirait dans le ridicule et l'inachevé. Le romantisme du jeune Adri en était blessé à mort. Durant une minute, il demeura pensif, interdit, ne sachant à quoi se résoudre. La lune, resserrée entre deux toits, redoublait d'éclat. Un nuage à peine perceptible, léger comme la fumée d'une cigarette, la poursuivait depuis un instant. Il l'atteignit enfin, passa sur elle en l'effleurant, puis continua sa course en s'effilochant à mesure qu'il s'éloignait. Adri perçut derrière lui un bruit de pas ; il se retourna et vit l'homme aux chaussures éculées[1] qui venait à sa rencontre.

En haut, Sayed Karam, toujours debout à sa fenêtre, commençait à se lasser d'une scène qu'il jugeait atrocement ratée. Dès le début, à l'apparition de l'étudiant et de sa chèvre, il s'était attendu à quelque chose de mieux qu'une promenade idiote et sans éclat. Et voici que ce stupide étudiant ne semblait

1. Usées.

pas encore prêt à changer de tactique. Il y avait bien un quart d'heure déjà qu'il pataugeait sur le même trottoir sans vouloir se décider à l'action. Ça pouvait ne jamais finir. « Qu'est-ce qui l'obligerait à cesser ? Il pourrait continuer ainsi pendant dix ans encore. Et moi je serais assez bête pour le regarder faire ? Non, assez de temps perdu. » Toutefois, il ne quitta pas tout de suite la fenêtre.

Ce qui l'attirait à présent au-dehors, ce n'était ni l'étudiant, ni la chèvre, ni même l'homme aux chaussures éculées qui s'était joint à eux. Seule la rue, avec sa blancheur de cadavre, captait toute son attention. Jamais encore il ne l'avait vue si prodigieusement réelle, éclairée par le visage fatigué de la lune lente et grave. Il y avait en elle comme une sorte de prestige douloureux. On eût dit que la rue s'était tuée à force de souffrance, et qu'elle venait seulement de mourir après une longue agonie. Elle était vieille, la rue, et boiteuse, et toute tordue par l'âge. Quelques-unes de ses maisons tombaient déjà en ruines. Des années durant, elle avait abrité la vie médiocre des hommes. Et maintenant, les hommes l'avaient choisie pour exprimer toute leur lassitude. Nue sous l'énorme clarté de la lune, elle disait tout ce que les hommes cachaient au fond d'eux-mêmes : des espoirs tellement petits et des haines tellement grandes. Elle ne pouvait plus rien cacher ; elle criait sa misère par tous les coins.

Sayed Karam se laissait descendre dans cet univers lucide et transparent. Il pénétrait dans la rue avec une tendresse émue, la même tendresse qu'il aurait eue envers une créature souffrante.

Elle aussi, la rue, lui semblait extravagante, mais d'une extravagance pauvre, résignée et abandonnée à elle-même. C'était là le produit calme de la matière, et non les lubies[1] d'un cerveau échauffé. La matière travaillée, pétrie et usée par les hommes qui lui avaient insufflé leur âme. Dans chaque pierre du chemin, on pouvait discerner leur image hagarde[2] et apeurée. La rue exprimait la troublante angoisse d'une collectivité ; elle n'était pas un individu orgueilleux qui se raconte. Elle était humaine et grande dans sa détresse, parce qu'elle criait la douleur de toute une multitude. Et Sayed Karam assistait impuissant à ce cri des hommes à travers la matière.

Assurément, la rue exprimait cela d'une manière un peu confuse, presque illogique. Sayed Karam cherchait à savoir d'où venait ce cri désespéré des hommes et quelle était sa source profonde. Mais le message que transmettait la rue n'avait pas de source unique ; il provenait de plusieurs endroits à la fois. C'était un chant sorti de plusieurs gorges, un râle immense et pathétique. De chaque taudis-prison s'élevait une plainte isolée qui s'en allait rejoindre les autres et former avec elles cette atmosphère d'incommensurable[3] tristesse humaine. Sayed Karam se pencha au-dehors et fouilla la rue avec le désir de ramener à la conscience quelques épaves de ce naufrage émouvant des hommes. Jusqu'alors, il avait toujours regardé les hommes à l'état de spectateurs, c'est-à-dire à l'état d'êtres inof-

1. Caprices.
2. Avec une expression égarée et effarouchée.
3. Infinie.

fensifs, dépourvus d'intensité, des machines sans danger. Il ne lui était jamais venu à l'idée qu'un spectateur pouvait souffrir. Un spectateur, c'était quelqu'un qui regarde les autres. Sayed Karam se croyait seul sur la scène douloureuse du monde. Autour de lui, il ne voyait qu'une vaine désolation, des inquiétudes anodines et sans mérite.

Penché au-dessus de la rue, comme sur un gouffre, Sayed Karam découvrait avec gêne, et presque malgré lui, les aspects d'une réalité sinistre à force de sincérité. Ce n'était plus une réalité agrandie et rendue possible au moyen de subterfuges. Ici, l'esprit démoniaque n'avait rien forcé, ni rien dénaturé. C'était tout simplement la réalité misérable et sans préparation, la réalité outrageante de tous les jours et de tous les instants. Sayed Karam sentait maintenant battre son cœur à la vue de certains détails que la rue dans sa complète nudité n'arrivait plus à cacher. La première chose qui le frappa fut le silence impressionnant, éternel, qui régnait dans toutes les maisons voisines. Il se demanda si tous les habitants n'étaient pas morts une fois pour toutes, comme ça, dans cette nuit de clair de lune, sans laisser de trace, emportant avec eux, dans la mort, leurs hardes[1], leurs maladies et leur faim. Cela lui fit penser que le fils de Khalifa le maçon, un enfant de sept ans, venait de mourir, ce matin même, faute de médicaments. Le maçon était depuis longtemps sans travail, depuis si longtemps qu'il commençait à oublier son métier. En outre, il avait une femme qui était un

1. Haillons, guenilles.

vrai tourment ; elle ressemblait à un gendarme, et maintenant son fils venait de mourir d'une maladie compliquée, à laquelle personne n'avait rien compris. Sayed Karam se rappelait avoir entendu, de bon matin et pendant qu'il dormait encore, les hurlements exagérés des pleureuses.

Il regarda du côté de la maison du maçon, pour voir s'il y avait de la lumière. Mais non, il n'y avait rien. Pas le moindre indice de vie. Les hommes étaient morts ou bien se cachaient-ils ? Petit à petit, Sayed Karam reconnaissait, disséminée un peu partout, la vie sordide et réelle des êtres. Durant un long moment, il s'attarda à contempler la maison jaune, celle qui fait l'angle de la rue, et où logeait Barsoum le croque-mort, tellement pauvre qu'on disait de lui qu'il ne pourrait jamais se payer son propre enterrement. Cet homme enterrait les autres, sans l'espoir d'être enterré lui-même un jour. Lorsqu'il marchait dans la rue, il avait toujours l'air de porter un cercueil sur la tête. Sa conversation sentait le cadavre. Sayed Karam pensa à lui avec un sentiment de pitié mêlée de frayeur. Le souvenir de cet homme le troublait comme l'image d'une mort risible et toute proche. Dans la même maison, logeait aussi Baraka effendi[1], l'employé aux chemins de fer, dont la fille était très laide. Sayed Karam savait qu'à cause de sa laideur (de plus elle avait le visage couvert de boutons) la jeune fille ne sortait jamais de chez elle. On racontait dans le quartier qu'elle passait sa vie enfermée dans sa chambre, avec une petite chatte noire à qui

1. Titre donné aux gens instruits, aux notables.

elle faisait de longues confidences morbides entrecoupées de sanglots. On disait aussi qu'à plusieurs reprises elle avait tenté de se suicider. Sayed Karam n'avait jamais attaché d'importance à l'existence de la jeune fille. Pourtant, à cette minute, il lui sembla qu'elle existait de façon immuable[1], et qu'il n'arriverait jamais à la chasser de sa mémoire. Il l'imagina dans sa chambre, prisonnière de sa laideur, avec sa petite chatte noire sur les genoux, le visage hideux sous les larmes, et son cœur trembla d'émotion. Puis la maison jaune disparut comme par miracle ; Sayed Karam se voyait maintenant en relation étonnante avec d'autres choses et d'autres gens. Tous les habitants de la rue défilèrent devant ses yeux, en s'approchant de lui le plus possible. Il n'attendait pas qu'ils vinssent d'eux-mêmes ; il les devançait dans leur vie, semblait la connaître en entier.

Mais quel était son rôle à lui, Sayed Karam, dans ce drame inconnu qui surgissait de la fange[2] pour le salir et l'humilier ? Qu'avait été au juste son rôle ? Un simple fantoche[3] qui ignorait la réalité tangible de la vie : voilà ce qu'il était. Il avait vécu jusqu'à présent pour étonner le monde par des extravagances multiples et variées. Et, devant ce désarroi de la rue, il se demandait si vraiment ce monde misérable avait besoin d'être étonné. Qu'importaient aux hommes les folies de Sayed Karam ? Les hommes réclamaient d'abord de vivre, de vivre sans la menace perpétuelle de la misère et de la faim.

---

1. Constante, invariable.
2. Boue.
3. Pantin, personne sans volonté.

C'était donc là toute la vie des hommes ? Sayed Karam restait ébahi devant la sincérité froide de la rue trempée de lune. Un sentiment humain, tout nouveau, s'infiltrait en lui et qu'il n'essaya pas de rejeter.

Le manège de l'étudiant attira de nouveau son attention. Il le vit qui s'arrêtait, en compagnie de l'homme aux chaussures éculées, sous un réverbère éteint (dans ce clair de lune tous les réverbères semblaient éteints) et lui lire une espèce de lettre qu'il sortit de la poche de son pantalon. L'homme aux chaussures éculées l'écoutait avec crainte et, en même temps, paraissait ne pas l'approuver dans cette lecture. L'homme aux chaussures éculées n'avait pas encore dîné ; il s'attendait à ce que le jeune Adri l'invitât à manger comme il lui advenait parfois de le faire. C'était quelqu'un de très honorable. Il était toujours triste, et lorsqu'on lui demandait pourquoi il était triste, il répondait invariablement : « La faute en est à ces maudites chaussures. Ne le dites à personne. C'est un secret. » Là s'arrêtait la seule fantaisie que se permettait l'homme aux chaussures éculées. On ne lui connaissait pas d'autre vice.

Sayed Karam n'admirait plus ; il haïssait de toute son âme l'étudiant, la chèvre et l'homme aux chaussures éculées. Le réverbère, toujours éteint à cause de la lune, lui semblait dégager plus de sincérité, plus de sens concret de la vie que les êtres humains évoluant autour de lui. Il allait se retirer dans sa chambre, lorsqu'il vit arriver Raya. Raya, c'était sa maîtresse.

Il pensa à ce qu'il allait lui dire tout à l'heure avant de la caresser, comme il le faisait d'habitude à chaque retour de la jeune femme. Raya tenait l'emploi de caissière dans un grand café-bar de la ville européenne. Sitôt libérée de son travail (qu'elle quittait à neuf heures), elle allait rejoindre Sayed Karam dans sa chambre. Elle n'était jamais en retard. Sayed Karam sentit que ce soir elle lui dirait quelque chose d'essentiel sur la vie des hommes et sur sa propre destinée.

Raya entra dans la chambre. Elle resta immobile près de la porte, les yeux grands ouverts, ne pouvant faire un pas de plus tant elle était brisée de fatigue. Maintenant qu'elle était arrivée jusqu'ici toutes ses forces l'abandonnaient d'un coup, et il lui semblait qu'elle allait tomber sur le sol et mourir. Elle essaya de parler, mais une douleur piquante à la poitrine l'en empêcha. Alors, elle ferma les yeux et resta toujours à la même place, mince et sombre dans la clarté lunaire.

C'était une jeune femme de vingt-deux ans, au corps mince et frêle, vêtue d'un tailleur gris et d'un petit chapeau de paille noire. Elle avait un visage pâle, sans fards, et l'on sentait qu'elle était simplement une femme sûre d'elle-même, sûre de sa richesse de femme. Il n'y avait dans tout son aspect aucune coquetterie, aucun artifice. Une sincérité émue émanait de tout son être. Sayed Karam, à travers cette clarté de rêve qui baignait la chambre, la vit pâlir et trembler, puis incliner légèrement la tête sur le côté comme si elle allait s'évanouir. Mais il ne s'approcha pas d'elle ; la lumière de rêve le séparait d'elle. Elle était là comme une résonance terrible de la rue. Elle était venue, et toute la rue, avec ses lueurs de misère et de souffrance, était entrée avec elle dans cette chambre. Toute la tragédie de la rue se lisait sur son visage. Ce visage qui faisait venir les larmes aux yeux de Sayed Karam chaque fois qu'il le contemplait. Et maintenant, elle était là avec son visage plus pâle que jamais, et le tremblement de tout son corps ardent, mais il n'osait pas l'approcher. Il comprenait peu à peu que tout l'humain qu'il venait de découvrir dans la rue, Raya le portait en elle.

Il s'élança vers elle et la prit dans ses bras.

– Qu'as-tu, ma chérie ? Laisse-moi regarder ton visage.

Et il l'embrassait partout sur le visage et il pressait contre sa poitrine, comme s'il voulait déjà entrer en elle, loin, avec tous les hommes, dans ce monde réel qu'elle portait.

Elle ne répondait pas. Elle était lasse et elle tremblait de tout son corps. La fièvre. Il vit qu'elle pleurait.

– Tu pleures ? Pourquoi pleures-tu ?

Elle rouvrit les yeux et le regarda à son tour en plein visage. Elle le regarda avec ses grands yeux sombres où luisaient quelques larmes comme dans la vie malheureuse des hommes quelques taches de joie. Elle sentit qu'il était bien là et bien pressé contre elle. Cela la calma un peu. La douleur piquante à la poitrine se fit lointaine et comme évanouie.

– Pourquoi pleures-tu ? demanda-t-il encore.

– Parce que tu es là, dit-elle.

– Tu es si pâle, ma chérie.

– J'avais peur ! J'avais bien peur, sais-tu ?

– Tu avais peur ? Et de quoi donc ?

– Par une nuit pareille, on a peur de tout, dit-elle. J'avais peur de ne plus te retrouver. J'avais l'impression que ce clair de lune allait t'enlever à moi. Tu ressembles tellement à cette nuit fantastique. J'avais peur que tu t'en ailles avec elle pour toujours. Et voilà que je te retrouve.

– Tu me retrouves ! Et tu me retrouves changé ? demanda-t-il.

– Non, je ne sais pas si tu as changé. Je sais seulement que tu es là et que je t'ai retrouvé.

Elle était calmée maintenant. Elle était apaisée et douce et elle parlait avec sa voix de petite fille tendre et charnelle. La voix du fond de sa chair, celle qui ne trompe pas, la vraie. C'était une femme qui aimait avec tout son corps.

– Viens t'étendre sur le divan, dit-il.

Il l'emporta serrée contre lui et la coucha sur le divan. Elle se laissa emporter et puis coucher sans rien dire. À présent, la paix était en elle à cause de ce qui allait suivre : les caresses. Elle s'abandonna de tout son long, laissant libres toutes les promesses de son corps. Elle était à lui si simplement et si profondément. Alors, il se mit à la déshabiller avec une lenteur presque maladive comme s'il craignait de lui faire mal et aussi à cause d'une idée qui venait de surgir en lui : ne pas la posséder ce soir. Il savait que son désir d'elle était ce côté paisible de la vie, où toutes les angoisses disparaissent, où toutes les folies du cerveau meurent vaincues par l'impitoyable élan de jouissance. Mais il savait aussi que pour elle chaque jouissance était un pas de plus vers la mort. Elle était si frêle et elle se donnait toujours si entièrement. Elle apportait dans l'amour une telle ardeur qu'il lui semblait, chaque fois qu'il la prenait, qu'elle s'anéantissait dans l'amour comme dans une mort inépuisable, et qu'elle tentait de l'anéantir avec elle.

Dehors, il y avait la lune et la rue noyée sous la lune. Le jeune Adri, l'étudiant en droit, quitta brusquement l'homme aux chaussures éculées, et, sans regarder une dernière fois la fenêtre de la petite Sattuta, s'en fut tout droit à la maison. Si Sayed Karam avait pu le voir en ce moment, sans doute eût-il pensé que le jeune homme allait se livrer à quelque geste extravagant et de nature alarmante. Mais c'était tout le contraire. Car, à peine entré dans sa chambre, le jeune Adri se mit à sa table de travail, ouvrit le premier livre qui lui tomba sous la main et commença d'étudier avec une persévérance dont il n'avait jamais fait preuve jusqu'ici. Ce subit changement dans l'attitude du jeune homme était dû en grande partie au discours de l'homme aux chaussures éculées, qui avait produit sur lui une impression profonde et décisive. L'homme aux chaussures éculées, qui, de toute évidence, cherchait à l'arracher à sa promenade nocturne pour l'amener dans un restaurant voisin et se faire inviter par lui à dîner, s'était montré tout à fait réfractaire[1] à ses confidences passionnées. Il avait été vraiment décourageant. Et puis la vue de ses chaussures, invraisemblablement éculées, donnait à toute discussion sur l'amour et la probabilité d'une rencontre avec l'objet aimé cette mélancolie des choses

1. Rebelle, insoumis.

condamnées d'avance à un échec certain. Jamais encore le jeune Adri n'avait ressenti l'inutilité de son attente avec cette sûreté indéniable. Le clair de lune lui sembla tout à coup odieux, et odieuse aussi cette indifférence de la petite Sattuta à son égard. C'est pourquoi il avait résolu de ne plus attendre et de rentrer tout de suite chez lui.

L'homme aux chaussures éculées marcha longtemps cette nuit-là et se montra dans plusieurs endroits de la ville. Abou El Noum, le cocher de fiacre, qui, à cause de ses fréquents déplacements, est considéré comme une sommité[1] en matière de nouvelles, a raconté l'avoir vu vers deux heures du matin dans les environs du quartier de l'Ezbékieh. L'homme aux chaussures éculées était, paraît-il, arrêté près d'une pissotière publique, en compagnie d'une jeune ramasseuse de mégots, qu'il essayait de convaincre. Mais ce sont là des histoires issues de la mentalité d'un cocher de fiacre.

Maintenant, Raya toussait à perdre haleine. Et cela lui faisait mal à lui de l'entendre tousser. Il souffrait comme si c'était sa propre poitrine que la toux déchirait. Il restait indécis avec son désir d'elle au fond du corps, hésitant toujours à la prendre.

– Tu ne m'aimes pas ce soir ? demanda-t-elle.

– Il vaut mieux que tu te reposes, dit-il. Tu es trop fatiguée, ma chérie.

– Je ne me repose jamais de t'aimer, dit-elle. Quand je suis là-bas, à mon travail, je pense tout le temps à toi, le sais-tu ?

1. Un expert.

– Oui, je le sais.

– Je te sens toujours en moi. Partout où je me trouve, je te sens en moi. Et tu continues de jouir en moi. Alors, toutes les choses de la vie m'apparaissent plus belles. Je ne pourrais pas vivre si je ne te sentais en moi. Tu comprends, mon chéri ?

Il ne répondit pas. Il pensait à autre chose. Il pensait à cette pauvre rue noyée sous la lune.

– Le fils du maçon est mort, dit-il.

Elle ferma les yeux. Elle sentit de nouveau la douleur piquante à la poitrine. Elle savait qu'elle n'avait plus beaucoup de temps à vivre, mais, maintenant qu'elle vivait, elle avait surtout besoin de caresses. Elle opposait ainsi à la mort un corps plein de désirs. Il lui semblait que la mort ne pouvait l'atteindre, tant que son corps tressaillerait de volupté. Ce qu'elle venait d'avouer tout à l'heure à Sayed Karam était vrai : durant tout le temps qu'elle passait à son travail, elle ne pensait qu'à lui. Elle avait toujours la sensation de le garder en elle, et c'était cela qui la séparait de la mort. Elle courait dans la rue pour le rejoindre plus vite. D'habitude, il la prenait tout de suite, à peine entrée dans la chambre. Elle était toujours nue sous son tailleur gris. C'était d'ailleurs le seul vêtement qu'elle possédait. Ils vivaient tous les deux avec l'argent de son maigre salaire. Mais de cette pauvreté elle ne souffrait nullement ; elle n'avait conscience que d'une seule richesse, celle de sa chair amoureuse et fragile.

Il demeurait toujours silencieux. Dehors, il y avait la lune et la rue nue sous la lune, et toutes les misères du monde. Il songeait à des choses palpitantes et vraies.

– Moi aussi, je mourrai bientôt, dit-elle. Et tu resteras seul. Je pense souvent à cela. Qui s'occupera de toi quand je serai morte ?

– Tu ne mourras pas, dit-il. Tu verras, je serai capable de te faire vivre.

– Je te demande simplement de m'aimer, répondit-elle.

De nouveau, il regarda son visage. Il était affreusement pâle.

– Je ne sais pas pourquoi, dit-il, mais je ne peux pas regarder ton visage sans que les larmes me montent aux yeux. Écoute, Raya, je ne sais pas ce qui m'arrive ce soir.

– Raconte-moi, dit-elle.

– J'ai vu la rue, Raya. J'ai vu les hommes qui habitent cette rue. Ils sont tous misérables.

– Je le savais depuis longtemps, dit-elle.

– Je voudrais m'approcher d'eux. Je suis resté si longtemps loin d'eux.

Il y avait la fenêtre, et puis la clarté lunaire qui pénétrait par la fenêtre. Il y avait surtout le visage de Raya.

Dans la maison jaune, celle qui fait l'angle de la rue, Barsoum le croque-mort se réveilla en sursaut et regarda autour de lui avec effarement. Il vit que les murs lépreux de son taudis étaient tapissés d'une lumière éclatante qui les rendait transparents et comme franchissables. Il pensa d'abord que c'était déjà l'aube et qu'il lui fallait bientôt se lever et commencer une autre journée de labeur ingrat. L'enterrement du fils du maçon devait avoir lieu à huit heures. Barsoum pensa qu'il était temps de préparer le cercueil. Mais, quelques instants après, il se rendit compte que la nuit durait toujours et que la clarté mystérieuse qui coulait par la lucarne de son taudis était celle de la pleine lune. Il se rendormit en pensant, avec une joie mélancolique, que le fils du maçon ne serait pas lourd à porter.

Sayed Karam pensait à toutes les extravagances dont il avait peuplé sa vie, et sa vie lui paraissait vide de sens. La seule réalité humaine qu'il eût touchée avec son cœur et son esprit était cette femme étendue là, près de lui, sur le divan. En dehors de cette femme, toute son existence n'avait été qu'une longue mystification. Mystification envers lui-même et envers les autres. Seules les heures passées près de ce corps de femme malade lui paraissaient dignes de son destin. Le visage de Raya était la seule réalité essentielle de sa vie. C'était par elle et par elle seule qu'il avait pénétré ce soir l'immense détresse des hommes. Il se rappelait la première fois qu'il vit son visage. C'était dans ce café-bar de la ville européenne où travaillait la jeune femme. Et il ne savait pas pourquoi, à ce moment, les larmes lui montèrent aux yeux, ni pourquoi il ressentit un profond besoin de sincérité.

Depuis qu'elle était devenue sa maîtresse, ils vivaient ensemble. Pendant qu'elle était au travail, lui passait sa journée enfermé dans sa chambre et rêvait à des pièces de théâtre aux intrigues incroyables. Il y avait bientôt deux ans qu'il n'était pas monté sur la scène. Il avait tout lâché le jour où le directeur de l'unique théâtre de la ville voulut lui infliger comme partenaire une artiste au nom impossible. Et ce nom ne plaisait pas à Sayed Karam, tout simplement. Alors, il était parti en attendant des temps meilleurs. À cette époque, il était seul ; sa misère était à la mesure de ses rêves. Mais la venue de Raya avait changé les choses ; la jeune femme lui donnait presque tout l'argent qu'elle gagnait. Et lui la laissait l'entretenir, se plaisant dans cette oisiveté[1] si nécessaire à l'éclosion de ses pitoyables fantaisies. Il voulait révolutionner le monde avec des idées extraordinaires ; des idées sorties du fond de son imagination tourmentée, mais qui n'avaient rien d'humain pour pénétrer les cœurs des hommes. Il ignorait que les idées extraordinaires ne sont pas celles qui naissent de l'égoïsme barbare des êtres, mais plutôt de leurs sacrifices illimités.

Maintenant seulement il s'en rendait compte. Il n'osait plus regarder le visage de cette femme qui sacrifiait sa santé pour lui venir en aide. Comment avait-il accepté cela ? Il ressentit la même impression que tout à l'heure, quand l'intime détresse de la rue s'était révélée à lui. C'était un sentiment de honte et de dégoût envers toute sa vie passée.

– Écoute, Raya, dit-il. Tu n'iras plus au travail. Tu es très malade. Il faut te soigner, comprends-tu ?

– Et de quoi vivrons-nous, si je ne travaille plus ?

– Je travaillerai moi-même, dit Sayed Karam.

Elle le regarda, étonnée, comme s'il venait d'avouer un crime

1. Inaction.

horrible. Elle n'attendait de lui que de l'amour. Elle était prête à mourir pourvu qu'il demeurât toujours le même homme caressant et tendre. Et il parlait de travailler ! Elle pensa qu'il devait être, sans doute, très malheureux pour dire une chose pareille.

– Je chercherai du travail, reprit-il. N'importe quoi ; je trouverai. Ainsi, tu pourras te reposer et guérir. Comprends-moi. Cela m'est tout à fait nécessaire maintenant pour vivre.

– Un homme comme toi ne peut pas se perdre ainsi, dit-elle.

Il y avait toujours cette maudite fenêtre et, par-delà la fenêtre, cette rue sordide toujours présente comme un remords.

– Je n'aspire plus qu'à être un pauvre homme parmi les autres.

– Tu as beaucoup de choses à faire, dit-elle. De grandes choses.

– Le monde n'a pas besoin de grandes choses. Les hommes ont faim, Raya ; et les affamés ne rêvent que de pain. Tout le reste est folie. Tiens, dit-il après un moment, l'homme aux chaussures éculées, je suis sûr qu'il n'a pas mangé ce soir...

– Je l'ai aperçu tout à l'heure en compagnie du jeune Adri, dit-elle.

Alors il se rappela ce jeune Adri, si désespérément amoureux de la petite Sattuta, et il se demanda ce qu'il était devenu. Avait-il enfin aperçu sa bien-aimée, ou bien tournait-il toujours au même endroit en compagnie de la chèvre Lisa et de l'homme aux chaussures éculées ? Sayed Karam eut envie de se lever et d'aller voir un peu ce qui se passait dans la rue.

La rue était déserte. Il ne vit que le pauvre réverbère qui essayait de manifester un peu de vie malgré la foudroyante clarté de la lune. Il ressemblait à une personne humaine, une humble personne écrasée par le luxe et la puissance d'une force tyrannique contre laquelle elle ne pouvait rien. Dans ce drame de la rue, la lune personnifiait la minorité privilégiée de ce monde, et sous sa domination se mouraient par milliers les pauvres réverbères, semblables aux déshérités de toutes les races et de tous les peuples, qui crèvent de misère et de faim tout le long de l'immense terre. « Tout le problème est là, pensa Sayed Karam. Le fils du maçon est mort faute de médicaments ; c'est-à-dire parce qu'il était pauvre. C'est une vérité bien élémentaire, mais ce soir elle a son prix car c'est pour la première fois qu'elle pénètre aussi terriblement dans mon cœur. Voilà pourquoi je dois la considérer comme une révélation. Désormais, mon amour aura un sens et ma vie une raison. Vivre va signifier pour moi : combattre. Combattre dès maintenant et toujours les puissances barbares qui font que les enfants du peuple marchent pieds nus dans le ruisseau ; que les hommes de ce peuple mendient dans la rue, ou bien acceptent un travail d'esclaves qui ne leur assure même pas le pain de chaque jour. Maudits sont les rêves imbéciles qui peuplèrent ma vie de fantômes. Seule, la réalité sociale inspirera désormais tous mes actes. Et je veux aussi que mon amour pour cette femme malade, qui a sacrifié sa santé pour moi, ne soit plus que l'expression de cette douleur profondément ressentie. » Il délaissa la fenêtre et revint s'asseoir près de la jeune femme. Elle était toujours étendue à la même place, chaude et nue. Elle ne disait rien, attendant simplement d'être aimée. Elle savait qu'après bien des paroles, il finissait toujours par la prendre.

Au premier étage de la maison jaune, la fille de Baraka effendi, l'employé aux chemins de fer, est étendue sur la natte de paille tressée qui orne le parquet de sa chambre. En vain, elle cherche à dormir ; en vain, elle cherche à oublier la laideur de son visage. Nul rêve ne vient l'arracher à sa persistante angoisse. Alors, elle songe à la mort et elle pleure. Près d'elle, la petite chatte noire pousse des miaulements plaintifs. La petite chatte comprend la douleur de sa maîtresse. La jeune fille la prend alors sur ses genoux et se met à lui raconter des histoires incohérentes et sans suite. Ce sont des histoires où elle tient toujours le rôle d'une princesse aimable et jolie, parée pour des fêtes éternelles.

Un peu plus tard, elle s'endormit et fit un rêve éblouissant, dont elle n'oubliera jamais les moindres circonstances.

Sayed Karam pensait toujours au fils du maçon.

– Demain, dit-il, Barsoum, le croque-mort, devra enterrer le fils du maçon et, certainement, il ne touchera aucun salaire pour cette besogne. Vraiment, le désintéressement de cet homme a quelque chose de sublime. N'est-ce pas, Raya ?

– Comme tu es tendre pour les êtres ce soir, dit-elle. Comme tu t'inquiètes de leur sort et comme tu les aimes, mon chéri.

– Je t'aime plus que tout au monde.

– Non, ne dis pas cela. C'est en les aimant beaucoup, tous les pauvres, les souffrants et les opprimés, que tu m'aimeras le plus fort.

– J'ai beaucoup encore à apprendre d'eux. Tu m'aideras.

– Tu as beaucoup de choses à faire, te dis-je. Beaucoup de grandes choses. Et je sais que tu les feras.

– Comme cette nuit a tout changé, dit-il.

– Elle n'a pas changé ton âme. Seulement ces grandes choses que tu voulais réaliser pour étonner les hommes, tu les réaliseras pour aider les hommes et les conduire vers une vie meilleure.

– Tu savais tout cela bien avant moi, dit-il tristement. Et pourtant tu ne m'en as jamais parlé.

– Tout cela était en toi. Tout cela était inscrit au fond de ton esprit et de ta conscience. Tout cela bouillonnait en toi comme un désir sauvage, attendant l'heure d'éclater. Ne comprends-tu pas ? Alors regarde mon corps nu, regarde mes mains qui tremblent, regarde mon visage et dis-moi pourquoi tu pleures.

– Arrête, arrête, s'écria-t-il. Je sais qui tu es maintenant. Tu es la chair martyrisée du peuple, tu es le sang malade du peuple, et ton visage creusé par la souffrance n'est que le reflet accablant de la misère du peuple. Pauvre Raya.

– Pourquoi pauvre ? Est-ce parce que je dois mourir ? Mais je ne mourrai jamais pour toi, mon chéri. Pour toi, je serai toujours présente. Chaque fois que tu rencontreras sur ta route un enfant déguenillé qui a faim et froid et qu'à sa vue ton cœur frémira de révolte, je serai près de toi. L'enfant qui pleure parce qu'il a faim et froid, ça sera moi. L'homme accablé de soucis et qui ne sait où aller, ça sera moi. Et la femme délaissée et les amours rompues toujours à cause de l'argent, et tous les désirs insatisfaits et les envies de manger ou simplement respirer, tout cela, ça sera encore moi, toujours moi.

Sayed Karam se pencha sur ce corps de femme où vivait tout un monde désemparé et souffrant. Et de son regard et de sa bouche et de ses mains il fouilla dans les profondeurs de ce corps, longtemps, à bout de souffle, jusqu'à l'aube.

L'aube se leva sur un quartier régénéré qui n'acceptait plus la vie telle qu'elle était, mais voulait la dominer, la rendre plus hardie et plus belle.

Après-texte

POUR COMPRENDRE

GROUPEMENT DE TEXTES

INFORMATION/DOCUMENTATION

Lire

1 Où se passe l'action ? Quels sont les éléments du décor ? Quelle est leur fonction symbolique ?

2 Relevez le champ lexical de l'inertie des lignes 5 à 15. Quelle atmosphère instaure-t-il ?

3 De quoi le sommeil du repasseur Hanafi est-il l'image ? Justifiez votre réponse.

4 Quelles sont les raisons qui poussent les habitants de la rue à haïr le facteur ? Pourquoi le nom de celui-ci n'est-il pas précisé d'emblée ?

5 Pour quelle raison Hanafi voit-il dans la menace d'expulsion un « désastre immédiat et terrible » (l. 207) ? Quelle solution envisage-t-il pour remédier à l'urgence de la situation ? En quoi ces deux réactions contribuent-elles à inscrire le texte dans le registre comique ?

6 Étudiez la valeur du présent à la ligne 250 ; pourquoi le narrateur passe-t-il du passé au présent ? Comment ce contraste contribue-t-il à l'intérêt du récit ? Trouvez, dans la nouvelle, d'autres exemples de ce procédé.

7 Relisez les lignes 295 à 307. Délimitez les passages au discours indirect libre et ceux qui relèvent du récit. Que remarquez-vous par rapport à la longueur des phrases ? Analysez le rapport entre la composition des phrases et le sens du texte.

8 Quel plaisir Zouba retire-t-il de son métier ? Quelle mission s'est-il assignée ? Quel est l'effet produit par le contraste entre son idéal et la façon dont les habitants l'accueillent ?

9 Relisez les lignes 347 à 354. Qui parle ? Quelles sont les figures de style qui désignent le facteur ? Quelle image renvoient-elles de lui ?

10 Le titre originel de cette nouvelle était « Un homme supérieur ». Selon vous, pourquoi l'auteur a-t-il estimé nécessaire de le modifier ?

11 Étudiez l'espace dans la nouvelle, en vous fondant sur son horizontalité et sa verticalité. Où se situe le monde des miséreux ? Qui est du côté de la verticalité ? Quel est le seul élément susceptible de représenter Dieu ? Quelle image en est donnée ? Vous justifierez vos réponses, en vous appuyant notamment sur les champs lexicaux dominants.

12 Identifiez et expliquez la figure de style des lignes 588 à 595. Quelle est sa fonction ? Quel aspect de la vie des miséreux le narrateur veut-il mettre en valeur ?

Écrire

Écrits d'invention

13 Imaginez deux des « jolis rêves » (l. 57) de Hanafi le repasseur. Le premier sera de registre lyrique, et le second de registre fantastique ou épique, au choix.

14 Zouba prétend vouloir écrire un jour ses Mémoires. Imaginez quelques-unes des « choses tellement extraordinaires » qu'il voit au quotidien, sur le modèle des deux anecdotes qu'il livre au repasseur (l. 360-389). Vous respecterez le ton péremptoire et emphatique du personnage.

Chercher

15 Quelle est l'étymologie du substantif « prophète » ? Relisez les lignes 350-351 : quel est l'effet produit par l'emploi de ce mot pour qualifier le facteur ?

16 Quelle distinction établissez-vous entre une autobiographie et des Mémoires ? Quel trait de caractère le facteur révèle-t-il sur lui-même en employant le second mot à la place du premier (l. 497) ?

Oral

17 Présentez à la classe des tableaux ou gravures représentant des miséreux ; précisez, à chaque fois, quel est l'effet recherché par l'artiste (apitoiement, dérision, etc.).

À SAVOIR

LES FORMES DU DISCOURS

Il existe différents procédés pour rapporter les paroles d'un personnage.

• Le *discours direct* reproduit, tels quels et intégralement, les propos qui ont été tenus. Il se caractérise par la présence d'un verbe de parole et d'une typographie particulière (tirets, guillemets), ainsi que par le respect du système d'énonciation. Ici, il permet à l'auteur de restituer toute la verve langagière du peuple égyptien.

• Le *discours indirect* subordonne les propos tenus à un verbe principal, synonyme plus ou moins proche de « dire », et transpose les pronoms, les temps et les repères spatio-temporels.

• Le *discours indirect libre* n'est pas soumis à la subordination d'un verbe introducteur et restitue les intonations du discours direct ; il subit aussi les transpositions du discours indirect (temps, personnes, repères spatio-temporels) ; *cf.* l. 62-64.

• Le *discours narrativisé* s'intègre parfaitement à la narration et suggère le contenu des propos.

Lire

1 Quel regard le narrateur porte-t-il sur le père et son fils ? Relevez les termes évaluatifs et appréciatifs (l. 1-61).

2 Qu'espère le fils du ferblantier au début de la nouvelle ? Quels sentiments son destin fait-il naître chez le lecteur ? Précisez le registre dominant des lignes 60 à 108.

3 De quoi l'enfant est-il l'allégorie ?

4 « C'était une misère riche » (l. 465) : identifiez et commentez la figure de style.

5 Relevez les comparaisons et les métaphores qui désignent Gohloche (l. 120-194). Quelle image donnent-elles de lui ?

6 Quelle classe sociale Cossery étudie-t-il à travers le gendarme ? Qu'en dit-il ?

7 Repérez et interprétez l'anticipation dans le récit. Trouvez et analysez d'autres ruptures temporelles dans la nouvelle.

8 Les balayeurs « jonch[e]nt le trottoir » (l. 299) : commentez cette phrase, puis soulignez et interprétez le contraste avec les verbes employés des lignes 365 à 388.

9 Quels termes désignent le quartier européen (l. 226-257) ? Quel est le registre de ce passage ? À quel type de femme la ville est-elle assimilée ?

10 Quel lien unit le crime de Saadi à la révolte des balayeurs ?

11 Quelle issue le ferblantier envisage-t-il d'abord à sa misère ? et à la fin du texte ?

Relevez les modalisations de la vérité : quel regard le narrateur porte-t-il alors sur son énoncé ?

Écrire

Commentaire

12 Vous commenterez le passage des lignes 226 à 249.

Écrit d'invention

13 Imaginez, sur le mode épique, le récit de Gohloche vantant son rôle dans la répression des balayeurs.

Chercher

14 Lisez la description que Balzac fait de Paris dans l'avant-dernier paragraphe du *Père Goriot*. Quels éléments rapprochent la capitale parisienne de celle de l'Égypte (l. 226-249) ?

15 À l'aide d'un dictionnaire des symboles, précisez ce que figure la ville de Babylone. En quoi la partie européenne du Caire est-elle une Babylone moderne ?

16 Quel enfant né de la plume de Victor Hugo symbolise la misère généreuse et l'esprit de liberté ? Peut-on dire du fils du ferblantier qu'il est son double littéraire ?

Oral

17 Racontez à la classe la scène de la rébellion en suivant tour à tour différents points de vue : celui d'un balayeur ; celui de Gohloche ; celui d'un touriste ; celui d'un mendiant ; celui du tenancier du café d'en face.

À SAVOIR

LES MARQUES DE LA SUBJECTIVITÉ : LES MODALISATIONS

On appelle *modalisations* les marques du jugement du locuteur par rapport à son énoncé. Savoir les repérer permet d'interpréter les intentions de l'auteur, selon l'appréciation, explicite ou non, qu'il porte sur le contenu de son énoncé. On distingue deux types de modalités d'énoncé :
• les modalisations de l'*affectif* expriment une réaction émotionnelle du locuteur ; ce sont des adjectifs (« arrogant et fier », l. 118), des substantifs (les « larmes » de l'enfant) ou des verbes de sentiments (l'enfant « avait peur », l. 125) ;
• les modalisations de l'*évaluatif* correspondent à un jugement ou une évaluation du locuteur. Il peut s'agir d'évaluer la vérité de l'énoncé via des adjectifs (« possible »), des verbes (« savoir », « croire »), des modes verbaux (l'indicatif, au contraire du subjonctif, marque une adhésion forte au contenu de l'énoncé ; *cf.* l. 628-631), via aussi le recours à l'hyperbole, à la litote ou à l'ironie (ainsi, l'ambulance venue secourir non les blessés, mais une vieille dame en colère, l. 423). Il peut également s'agir d'apprécier l'énoncé en exprimant un jugement de valeur, une évaluation quantitative, morale ou esthétique, sensibles à travers le recours à des adjectifs de mesure (l'enfant est transi de froid), des adjectifs, noms et adverbes marquant une appréciation éthique ou esthétique (l'enfant est « beau », l. 60), des adjectifs et noms mélioratifs ou péjoratifs (les sourires de Gohloche sont semblables à des « crachats », l. 163), et enfin des adjectifs marquant l'intensité ou la quantité (« tellement », « combien »). Ce type de modalité est particulièrement utilisé dans l'éloge et le blâme.
Dans tous les cas, il appartient au lecteur d'être attentif à ces modalisations pour saisir la position du locuteur par rapport à son énoncé. On remarque ainsi que les nouvelles d'Albert Cossery ont indéniablement une visée argumentative, se livrant à l'éloge des pauvres et au blâme des nantis.

Lire

1 Quelle est la thèse du professeur de mendicité Abou Chawali ? Quelle est celle du lettré Tewfik Gad ? Justifiez votre réponse en vous appuyant sur le texte. Sur quel aspect divergent-elles ? Quel est, toutefois, leur point de convergence ?

2 Quels sont les arguments employés par Abou Chawali ? Visent-ils à convaincre ou à persuader ?

3 Quels sont ceux de Tewfik Gad ? Sont-ils attendus ou paradoxaux ?

4 Quelle image ces deux théories donnent-elles de la mendicité ?

5 Pour quelles raisons les habitants du Terrain-aux-Serpents ont-ils pris la querelle pour « une immense facétie » (l. 16) ? En précisant les registres littéraires dominants dans la nouvelle, montrez que le narrateur leur donne partiellement raison.

6 En vous appuyant sur des références précises du texte, faites le portrait physique et psychologique d'Abou Chawali. Selon vous, s'agit-il plutôt d'un éloge ou d'un blâme ? Pour répondre, vous vous interrogerez notamment sur le choix du titre.

7 Des lignes 189 à 193, qui parle ? Quel est le type de discours employé ? Relevez les termes dévalorisants.

8 Relisez les lignes 275 à 367. Expliquez comment le procédé de l'exagération est utilisé. Montrez ensuite que ce passage s'inscrit d'abord dans le registre de l'humour noir, avant de sombrer dans le pathétique.

9 Relevez le champ lexical du sortilège (l. 449-489). Comment le narrateur transforme-t-il la banalité d'une rencontre avec une poule en un moment à la fois insolite et comique ? Quel est le registre de cet épisode ? Quel sens pouvez-vous lui donner ?

10 Comment interprétez-vous la fin de la nouvelle ?

Écrire

Écrit d'argumentation

11 Cette nouvelle est-elle documentaire ? narrative ? poétique ? argumentative ? Répondez dans un développement organisé d'une trentaine de lignes.

Écrit fonctionnel

12 Vous préparez l'adaptation au cinéma de cette nouvelle. Rédigez le scénario correspondant à la séquence de votre choix. Vous préciserez les lieux, les types de plans employés (plan d'ensemble, moyen, américain), les actions, les bruits et les gestes, et rédigerez le dialogue.

Chercher

13 Cherchez quelle est l'étymologie du mot « sympathie » (l. 244).
Proposez un synonyme à ce terme.
Quelle distinction établissez-vous entre la sympathie et la pitié ?

Oral

14 « L'art de demander l'aumône » (l. 8-9) : la mendicité est-elle un « art » ? Faut-il la déguiser, ou la faire apparaître dans sa nudité la plus crue ? À la manière d'un avocat, prononcez un plaidoyer en faveur de l'une et l'autre des deux hypothèses.

À SAVOIR

LES MARQUES DE L'ORALITÉ

Comment restituer en français le ton, la verve et le rythme de l'égyptien parlé, sans sombrer pour autant dans le pittoresque gratuit, le détail exotique ? Cet obstacle est à la source du style d'Albert Cossery qui, s'il écrit en français, pense en arabe ; cinquante années de séparation d'avec son pays natal n'ont en rien entamé sa connaissance de l'atmosphère arabe, ni sa proximité avec ses habitants. Ses personnages des bas-fonds cairotes ne sont pas des modèles orientaux frelatés ; ils reflètent une réalité sociale, que vient souligner leur langage. Ainsi s'interpellent-ils fréquemment par le biais d'interjections, dont la plus fréquente, « ô homme » (« *Ya raguel* », en arabe), est couramment employée par le peuple égyptien, sans la valeur laudative et emphatique que lui confère le français. « Le moindre va-nu-pieds peut dire dans la rue dans une altercation avec un autre vagabond : Tu sais seulement qui je suis, ô homme ! » confirme Cossery.

Autre domaine qui peut prêter à confusion : les insultes. « Âne crasseux », « fils de mendiant » et surtout « fils de chien » fleurissent dans la bouche des déshérités, tels des tics langagiers, le plus souvent hors de toute connotation agressive : essentiellement amicales, ces insultes sont proférées dans la joie, et peu s'en faut pour qu'elles ne revêtent une valeur hypocoristique (affectueuse).

Enfin, l'esprit égyptien se manifeste également par la fréquence des adjectifs, « style de la langue arabe », et par le recours répété à l'humour, symptomatique, selon l'auteur, de la mentalité de son pays.

Lire

1 À quel espace les lignes 1 à 13 renvoient-elles ? Quelle représentation donnent-elles des hommes ? À travers quelles images ?

2 Relevez, dans les lignes 24 à 35, les repères qui marquent l'écoulement du temps. Comment peut-on qualifier le rythme du récit ? Pourquoi ? Quel effet la phrase de la ligne 35 cherche-t-elle à produire ?

3 Qui voit des lignes 1 à 48 ? des lignes 284 à 343 ? Quel effet produit la variation de points de vue ?

4 Qui est le protagoniste de cette nouvelle ? Comment expliquer qu'il apparaisse si tardivement dans le récit ?

5 Repérez le retour en arrière et l'anticipation présents dans cette nouvelle. Quelle est leur fonction ?

6 L'aventure avec Hamra est-elle vraisemblable ? Quel est le ressort principal du comique dans ce passage ? Que révèle-t-il du caractère de Sayed Karam ? Vous étudierez, en particulier, la théâtralité de la scène.

7 Quels sentiments l'apparence et l'attitude de Raya font-elles naître chez le lecteur ? De quoi la jeune femme est-elle l'allégorie ?

8 Quelles informations le dialogue entre Raya et Sayed Karam apporte-t-il au lecteur ? Cet échange fait-il progresser l'action ?

9 Quel changement s'opère chez Sayed Karam au fil de la nouvelle ? Précisez les différentes étapes de son évolution, en montrant qu'il passe du statut paradoxal de spectateur à celui d'acteur de sa vie.

10 Combien de temps s'écoule entre le début et la fin de la nouvelle ? Quelle valeur prend alors la résolution de Sayed Karam ?

11 Quelle prédiction Cossery fait-il à la fin de la nouvelle ? Par quoi est-elle symbolisée ?

Écrire

Écrit d'argumentation

12 Cette nouvelle est-elle prémonitoire ou utopique ? Quelles réflexions inspire-t-elle à un lecteur occidental ? Vous répondrez, dans un bref développement argumenté, en vous référant précisément au texte, voire au recueil.

Commentaire

13 Vous commenterez le passage des lignes 301 à 340.

Chercher

14 Dans un dictionnaire des symboles, cherchez ce que représente la lune. Comment l'interprétez-vous chez Cossery ? Quelle autre nouvelle en propose une image similaire ?

15 Trouvez des farces du Moyen Âge dans lesquelles un vieux mari est trompé par sa belle et fraîche épouse. Sur quels principes repose ce genre littéraire ?

Oral

16 Préparez un exposé sur l'unanimisme. Vous définirez avec précision cette doctrine littéraire, en prenant soin d'en préciser l'instigateur. Vous direz ensuite dans quelle mesure « Les affamés ne rêvent que de pain » s'inscrit dans un tel courant.

À SAVOIR

LE RÉCIT : NARRATION ET FOCALISATION

La richesse d'un récit repose sur la variété des procédés qui fournissent au lecteur des renseignements sur les personnages, les événements, l'époque, etc. Dans le cas d'une narration à la troisième personne, comme c'est le cas chez Cossery, les renseignements sont d'abord fournis par les focalisations (la focalisation étant le point de vue par lequel une scène est regardée), dont on distingue trois types :

- **la *focalisation interne*, assez prisée par Cossery, consiste à raconter en se situant à l'intérieur d'un personnage ;**
- **la *focalisation externe* consiste à raconter tout en restant à l'extérieur des personnages, comme si les événements se déroulaient devant l'objectif d'une caméra qui se contenterait de les enregistrer ;**
- **la *focalisation zéro*, ou absence de focalisation, est un procédé dans lequel le narrateur est omniscient, c'est-à-dire qu'il sait tout et voit tout (passé, avenir, causes, pensées des personnages). Ainsi connaissons-nous les sentiments du jeune Adri, ses occupations de retour à la maison ; nous avons aussi accès au passé, au présent et, plus indirectement, au futur de Sayed Karam.**

Quant au narrateur, il dispose de plusieurs moyens pour raconter son histoire : il peut jouer sur l'*ordre du récit*, c'est-à-dire ne pas respecter l'ordre chronologique ; il opère alors des retours en arrière, appelés *analepses* (ainsi de l'aventure adultère), ou des anticipations, appelées *prolepses*. Il peut également faire varier la *durée de la narration* : s'appesantir sur un événement qu'il juge important ou, au contraire, le résumer très brièvement, voire le passer sous silence (on parle alors d'*ellipse*). Il appartient ainsi au lecteur de reconstituer l'ordre de la narration ou de combler les vides, en s'interrogeant sur les raisons qui ont motivé ce choix.

Lire

1 Quelle atmosphère la première phrase de chaque nouvelle instaure-t-elle ?

2 Examinez la fin des quatre nouvelles : lesquelles possèdent une chute ? Laquelle en est dépourvue ? Pourquoi ? Par ce biais, quelle évolution le recueil esquisse-t-il ?

3 Quel principe préside au choix des titres des nouvelles ? D'où provient le titre du recueil ? Expliquez-le, en précisant pourquoi il a pu choquer les censeurs égyptiens. Est-ce vraiment Dieu qui a oublié les pauvres ?

4 En quoi la situation des miséreux présente-t-elle un caractère tragique ? Pour autant, peut-on dire d'eux qu'ils sont des héros tragiques ? Après avoir brièvement rappelé les caractéristiques de ce type de personnage, vous direz lesquels s'en rapprochent le plus, et lesquels s'en éloignent.

5 Quels sont les différents visages que la mort prend dans les nouvelles ? S'agit-il toujours d'une mort biologique ?

6 L'auteur intercale fréquemment des passages au présent dans son récit. Quelle est la valeur de ce temps ? Justifiez votre réponse en analysant un exemple précis.

7 Quels sentiments le destin des personnages fait-il naître chez le lecteur ? Justifiez votre réponse.

8 Classez les principaux personnages des nouvelles selon qu'ils sont tragiques ou comiques. Comment la situation désespérée de certains d'entre eux peut-elle prêter à rire ? En vous appuyant sur l'étude d'au moins deux personnages, vous direz alors de quel type de comique il s'agit.

9 Dans « Danger de la fantaisie » (p. 76-78), quel portrait d'Om Akouche se dessine dans le récit et les dialogues ? En quoi peut-on parler de caricature ?

10 Étudiez les procédés comiques employés dans « Le facteur se venge » (l. 217-273). Vous montrerez que le rire naît à la fois de la situation, des caractères, des gestes et des paroles prononcées. Quel passage vient cependant assombrir la gaieté de cet épisode presque farcesque ?

11 À l'aide d'au moins un exemple emprunté à chaque nouvelle, vous montrerez que le style de Cossery exploite la veine comique. Quelle est la fonction d'un tel registre ?

Écrire

Dissertation

12 « Je me presse de rire de tout, de peur d'être obligé d'en pleurer. » Dans quelle mesure cette réplique de Figaro, dans l'acte I, scène 2 du *Barbier de Séville* (1775), s'applique-t-elle aux quatre nouvelles de ce recueil ?

Écrit d'invention

13 Rédigez une lettre à l'intention d'Albert Cossery dans laquelle vous lui expliquez l'émotion que vous avez eue à le lire, et où vous lui témoignez votre reconnaissance.

Chercher

14 Quelle image les Parques (ou les Moires) donnent-elles de la condition humaine ?

15 Recherchez l'étymologie du mot « fatalité » et montrez son lien avec la tragédie et le tragique. Établissez le champ sémantique de ce mot en vous aidant des nouvelles.

Oral

16 Organisez un débat au sein de la classe : les nouvelles de Cossery sont-elles optimistes ou pessimistes ?

À SAVOIR

LES REGISTRES COMIQUE, TRAGIQUE ET PATHÉTIQUE

Le nom *registre*, emprunté au vocabulaire de la musique, traduit les effets que produit une œuvre sur le lecteur.

- **Le *tragique* exprime la prise de conscience par l'homme des forces qui le dominent et le vouent à la souffrance et à la mort. Il doit susciter stupeur et angoisse. Chez Cossery, l'incapacité des personnages à échapper à leur misère héréditaire relève de ce registre.**
- **Le *pathétique*, source de compassion, naît du spectacle d'un être confronté à une situation douloureuse (misère, mort, violence).**
- **Le *comique* perçoit le réel à travers des événements qui le déforment et provoquent le rire. L'éventail de ses intentions est large, de l'humour à la moquerie, via les genres du burlesque, de la parodie, de la farce ou de la satire. L'ironie est également une forme particulière de comique ; très prisée par Cossery, elle crée une complicité avec le lecteur en dénonçant au second degré ce qui est considéré comme inacceptable ; elle permet aussi aux personnages de tenir à distance l'horreur de la misère.**

Lire

1 À quelles catégories sociales appartiennent les personnages mis en scène par Cossery ? Montrez que ceux-ci ancrent les nouvelles dans la réalité sociale.

2 Relevez les caractéristiques de l'espace dans lequel les personnages évoluent. Dans « Le coiffeur a tué sa femme » (l. 34-190), précisez les termes qui participent à l'effet de réel, analysez leurs connotations et trouvez ailleurs d'autres petits détails « vrais ».

3 Relevez et étudiez les procédés employés par l'auteur dans les dialogues pour renforcer l'illusion du réel.

4 Quel personnage exprime le mieux le sens de la réalité en se fondant paradoxalement sur l'excès ? De quel personnage réel peut-il être le double ?

5 Comment la présence du corps humain, avec ses désirs et ses appétits, apparaît-elle dans les nouvelles ? Dans quelle mesure cette représentation est-elle « réaliste » ?

6 La fatalité qui condamne les miséreux à souffrir est-elle intérieure ou extérieure ? Distinguez les personnages qui se révoltent contre leur sort et ceux qui s'y abandonnent. Quelles valeurs motivent leur conduite ?

7 Le recueil s'ouvre sur le soleil : quel est son rôle symbolique ? Il se clôt sur l'aube, via la clarté lunaire : quel sens pouvez-vous donner à cette architecture ?

8 Relevez deux procédés qui ôtent au narrateur toute objectivité. Son éloge des pauvres est-il toujours sans nuances ?

Écrire

Dissertations

9 « Ils ressemblaient vraiment à des hommes ; mais on voyait que ce n'était encore qu'un commencement. Il y avait beaucoup d'espoir qu'ils devinssent tout à fait des hommes. » (p. 56). Vous expliquerez cette assertion, puis vous préciserez, à l'aune du recueil, quelles sont les conditions nécessaires à l'émergence d'hommes « véritables ».

10 En quoi la littérature romanesque permet-elle d'accéder à une connaissance vivante d'époques et de milieux sociaux qui nous sont étrangers ? Vous répondrez en un développement argumenté, structuré et nourri d'exemples variés.

Chercher

11 Quelle analyse Wilhem Reich fait-il des rapports entre oppression et « masses » dans son essai *Psychologie* *des masses du fascisme* ? Dans quelle mesure sa thèse s'applique-t-elle au recueil de Cossery ?

Oral

12 Préparez un exposé sur l'un des thèmes suivants : « Des mendiants éloquents, l'art de la rhétorique » ; « *Les Hommes oubliés de Dieu*, étude ethnographique ou fiction ? » ; « Le Caire hier et aujourd'hui ».

13 Organisez un débat au sein de la classe : les nouvelles de Cossery sont-elles subversives ? réalistes ?

À SAVOIR

RÉALISME ET NATURALISME

Tenter de rattacher Albert Cossery à un courant littéraire français – au mieux européen – peut paraître quelque peu artificiel, s'agissant d'un écrivain égyptien, qui plus est du XXe siècle. Cependant, il ne faut pas oublier que l'auteur a été nourri de littérature française et reconnaît apprécier particulièrement Stendhal, l'un des tenants les plus célèbres du réalisme. *Les Hommes oubliés de Dieu* garde la trace de cette filiation littéraire.

Le *réalisme* (dont la théorie est amorcée en 1850 par Champfleury) fait de l'écrivain un observateur, simple témoin de son temps, dont il entreprend la description encyclopédique, sans pour autant le copier totalement : « Faire vrai consiste [...] à donner l'illusion complète du vrai, suivant la logique ordinaire des faits, et non à les transcrire servilement dans le pêle-mêle de leur succession » (Maupassant, « Le Roman », préface à *Pierre et Jean*, 1887). Si Cossery se qualifie lui-même de « réaliste », lui « qui aime la vie sur terre, le macadam », c'est qu'effectivement son écriture emprunte à l'esthétique réaliste plusieurs de ses codes : le personnage principal, singulier par sa destinée, est le fil conducteur du récit ; le cadre spatio-temporel est proche de celui du lecteur ; l'intrigue privilégie le « petit fait vrai » (Stendhal), le quotidien le plus humble, au détriment du sensationnel ; la narration se fait à la troisième personne, avec une objectivité proclamée – et néanmoins contestable.

Il est également tentant de rapprocher Cossery du *naturalisme* : l'école naturaliste, fondée par Zola, ajoute des visées scientifiques à ces principes. La narration, censée être, elle aussi, objective, met en scène des personnages à l'existence terne et passive et marqués par leur tempérament, l'hérédité et leur milieu social – autant d'éléments que l'on retrouve largement dans *Les Hommes oubliés de Dieu*.

REGARDS SUR LA MISÈRE

Étymologiquement, la « misère » renvoie au malheur, à l'adversité, à la peine. Au XIVe siècle, le sens évolue, pour désigner une condition pénible de nature physique (ainsi du « lit de misère » où accouche la femme enceinte). Il faut attendre le XVIIe siècle pour que le mot prenne la double acception qui est la sienne aujourd'hui. « Misère » peut alors être interprété dans sa portée morale, doublée parfois d'un sens religieux : est misérable la condition de l'homme qui, s'étant détourné de Dieu, sombre dans le néant (texte 1). Le XXe siècle garde les stigmates de cette signification, hors de tout horizon mystique : la misère de l'homme, c'est sa finitude, l'absurde de sa condition (texte 5).

« Misère » peut aussi être interprété dans sa portée matérielle, le mot désignant alors l'extrême pauvreté. La littérature du XIXe siècle est particulièrement friande de cette indigence ; il est vrai que les « basses classes » n'avaient jusqu'alors pas, ou peu, droit de cité dans les romans. Le réalisme fait voler en éclats ces interdits littéraires. La misère devient alors un véritable marché, dans lequel puisent avec allégresse certains écrivains suspects de misérabilisme (texte 2). D'autres, tel Victor Hugo, plaident plus efficacement la cause des indigents (texte 3). Enfin, au XXe siècle, écrivains, sociologues (Pierre Bourdieu), cinéastes, débusquent la laideur de notre société hypocrite, et rappellent que la misère est l'affaire de tous (texte 4).

Blaise Pascal (1623-1662)

Pensées, fragment 171 de l'édition Brunschvicg (1670, posth.)

Dans la deuxième section des *Pensées*, « Misère de l'homme sans Dieu », Pascal fait du divertissement un mensonge auquel l'homme recourt pour se fuir lui-même, et fuir ainsi la misère de sa condition – la pensée de la mort.

Misère. **– La seule chose qui nous console de nos misères est le divertissement, et cependant c'est la plus grande de nos misères. Car c'est cela qui nous empêche principalement de songer à nous, et qui nous fait perdre[1] insensiblement. Sans cela, nous serions dans l'ennui, et cet ennui nous pousserait à chercher un moyen plus solide d'en sortir. Mais le divertissement nous amuse, et nous fait arriver insensiblement à la mort.**

Eugène Sue (1804-1857)

Les Mystères de Paris, III, 8 (1842-1843)

Premier roman-feuilleton, *Les Mystères de Paris* connaît un immense succès populaire, et contribue à répandre les théories humanitaires annonçant *Les Misérables* de Victor Hugo. Eugène Sue, grand bourgeois converti aux récentes doctrines socialistes, entend « signaler aux hommes les douleurs, les privations, les droits et les espérances des travailleurs [...] qui sont dans l'impossibilité complète de se défendre ou de réclamer des droits vitaux ».

1. Qui nous fait nous perdre.

On n'a peut-être pas oublié qu'une famille malheureuse dont le chef, ouvrier lapidaire[1], se nommait Morel, occupait la mansarde de la maison de la rue du Temple.

Nous conduirons le lecteur dans ce triste logis.

Il est cinq heures du matin.

Au-dehors le silence est profond, la nuit noire, glaciale ; il neige.

Une chandelle, soutenue par deux brins de bois sur une petite planche carrée, perce à peine de sa lueur jaune et blafarde les ténèbres de la mansarde ; réduit étroit, bas, aux deux tiers lambrissé par la pente rapide du toit qui forme avec le plancher un angle très aigu. Partout on voit le dessous des tuiles verdâtres.

Les cloisons recrépies de plâtre noirci par le temps, et crevassées de nombreuses lézardes, laissent apercevoir les lattes vermoulues qui forment ces minces parois ; dans l'une d'elles, une porte disjointe s'ouvre sur l'escalier.

Le sol, d'une couleur sans nom, infect, gluant, est semé çà et là de brins de paille pourrie, de haillons sordides, et de ces gros os que le pauvre achète aux plus infimes revendeurs de viande[2] corrompue pour ronger les cartilages qui y adhèrent encore…

Une si effroyable incurie annonce toujours ou l'inconduite, ou une misère honnête, mais si écrasante, si désespérée, que l'homme anéanti, dégradé, ne sent plus ni la volonté, ni la force, ni le besoin de sortir de sa fange : il y croupit comme une bête dans sa tanière.

[…] Morel était lapidaire en fin, et non pas lapidaire en faux, comme il le disait, et comme on le pensait dans la maison de la rue du Temple… Grâce à cet innocent mensonge, les pierreries qu'on lui confiait semblaient de si peu de valeur, qu'il pouvait les garder chez lui sans crainte d'être volé.

1. Artisan tailleur de pierres précieuses.

2. Une partie des Halles de Paris était alors occupée par « les Arlequins », qui revendaient les restes des grands dîners bourgeois.

Tant de richesses, mises à la merci de tant de misères, nous dispensent de parler de la probité de Morel…

[…]

La longueur et la carbonisation de la mèche de la chandelle annoncent que Morel sommeille depuis quelque temps ; on n'entend que sa respiration oppressée ; car les sept autres habitants de cette mansarde ne dorment pas.

Oui, dans cette étroite mansarde vivent huit personnes…

Cinq enfants, dont le plus jeune a quatre ans, le plus âgé douze ans à peine.

Et puis leur mère infirme.

Et puis une octogénaire idiote, la mère de leur mère.

La froidure est bien âpre, puisque la chaleur naturelle de huit personnes entassées dans un si petit espace n'attiédit pas cette atmosphère glacée ; c'est qu'aussi ces huit corps grêles, chétifs, grelottants, épuisés, depuis le petit enfant jusqu'à l'aïeule, dégagent peu de calories, comme dirait un savant.

Excepté le père de famille, un moment assoupi parce que ses forces sont à bout, personne ne dort ; non, parce que le froid, la faim, la maladie, tiennent les yeux ouverts, bien ouverts.

On ne sait pas combien est rare et précieux pour le pauvre le sommeil profond, salutaire, dans lequel il répare ses forces et oublie ses maux. Il s'éveille si allègre, si dispos, si vaillant au plus rude labeur, après une de ces nuits bienfaisantes, que les moins religieux, dans le sens catholique du mot, éprouvent un vague sentiment de gratitude, sinon envers Dieu, du moins envers… le sommeil, et qui bénit l'effet bénit la cause.

Victor Hugo (1802-1885)

« Discours sur la Misère », 9 juillet 1849, *Actes et Paroles*

Le 23 juin 1849, M. de Melun propose à l'Assemblée législative de nommer une commission « pour préparer et examiner les lois relatives à l'assistance publique ». La discussion s'ouvre le 9 juillet suivant, et Victor Hugo prend la parole le premier, prononçant son « Discours sur la misère », modèle d'éloquence politique. La proposition de M. de Melun fut votée à l'unanimité.

Je ne suis pas, messieurs, de ceux qui croient qu'on peut supprimer la souffrance en ce monde, la souffrance est une loi divine, mais je suis de ceux qui pensent et qui affirment qu'on peut détruire la misère. ***(Réclamation. – Violentes dénégations à droite.)***

Remarquez-le bien, messieurs, je ne dis pas diminuer, amoindrir, limiter, circonscrire, je dis détruire. ***(Nouveaux murmures à droite.)*** **La misère est une maladie du corps social comme la lèpre était une maladie du corps humain ; la misère peut disparaître comme la lèpre a disparu.** ***(Oui ! oui ! à gauche.)*** **Détruire la misère ! oui, cela est possible.** ***(Mouvements. Quelques voix : Comment ? comment ?)*** **Les législateurs et les gouvernants doivent y songer sans cesse ; car, en pareille matière, tant que le possible n'est pas fait, le devoir n'est pas rempli.** ***(Sensation universelle.)***

La misère, messieurs, j'aborde ici le vif de la question, voulez-vous savoir où elle en est, la misère ? Voulez-vous savoir jusqu'où elle peut aller, jusqu'où elle va, je ne dis pas en Irlande, je ne dis pas au Moyen Âge, je dis en France, je dis à Paris, et au temps où nous vivons ? Voulez-vous des faits ?

Il y a dans Paris… ***(L'orateur s'interrompt.)***

Mon Dieu, je n'hésite pas à les citer, ces faits. Ils sont tristes, mais nécessaires à révéler ; et tenez, s'il faut dire toute ma pensée, je voudrais qu'il sortît de cette assemblée, et au besoin j'en ferai la proposition formelle, une grande et solennelle enquête sur la situation vraie des classes laborieuses et souffrantes en France. Je voudrais que tous les faits éclatassent au grand jour. Comment veut-on guérir le mal si l'on ne sonde pas les plaies ? *(Très-bien ! très-bien !)*

Voici donc ces faits.

Il y a dans Paris, dans ces faubourgs de Paris que le vent de l'émeute soulevait naguère si aisément, il y a des rues, des maisons, des cloaques[1], où des familles, des familles entières, vivent pêle-mêle, hommes, femmes, jeunes filles, enfants, n'ayant pour lits, n'ayant pour couvertures, j'ai presque dit pour vêtements, que des monceaux infects de chiffons en fermentation, ramassés dans la fange[2] du coin des bornes, espèce de fumier des villes, où des créatures humaines s'enfouissent toutes vivantes pour échapper au froid de l'hiver. *(Mouvement.)*

Voilà un fait. En voici d'autres : Ces jours derniers, un homme, mon Dieu, un malheureux homme de lettres, car la misère n'épargne pas plus les professions libérales que les professions manuelles, un malheureux homme est mort de faim, mort de faim à la lettre, et l'on a constaté, après sa mort, qu'il n'avait pas mangé depuis six jours. *(Longue interruption.)* Voulez-vous quelque chose de plus douloureux encore ? Le mois passé, pendant la recrudescence du choléra, on a trouvé une mère et ses quatre enfants qui cherchaient leur nourriture dans les débris immondes et pestilentiels des charniers de Montfaucon[3] ! *(Sensation.)*

---

1. Lieux malpropres.
2. La boue presque liquide.
3. Ancien lieu-dit, de sinistre mémoire : un gibet où soixante condamnés pouvaient être pendus y fut utilisé jusqu'à la fin du XVIIe siècle. À l'époque de Victor Hugo s'y trouvaient des charniers, c'est-à-dire des fosses où l'on entassait les cadavres.

Eh bien, messieurs, je dis que ce sont là des choses qui ne doivent pas être ; je dis que la société doit dépenser toute sa force, toute sa sollicitude, toute son intelligence, toute sa volonté, pour que de telles choses ne soient pas ! Je dis que de tels faits, dans un pays civilisé, engagent la conscience de la société tout entière ; que je m'en sens, moi, qui parle, complice et solidaire *(mouvement)*, et que de tels faits ne sont pas seulement des torts envers l'homme, que ce sont des crimes envers Dieu ! *(Sensation prolongée.)*

Voilà pourquoi je suis pénétré, voilà pourquoi je voudrais pénétrer tous ceux qui m'écoutent de la haute importance de la proposition qui vous est soumise. Ce n'est qu'un premier pas, mais il est décisif. [...] Je voudrais que cette assemblée n'eût qu'une seule âme pour marcher à ce grand but magnifique, à ce but sublime, l'abolition de la misère ! *(Bravo ! – Applaudissements.)*

Vous n'avez rien fait, tant que l'esprit de révolution a pour auxiliaire la souffrance publique ! vous n'avez rien fait, rien fait, tant que dans cette œuvre de destruction et de ténèbres, qui se continue souterrainement, l'homme méchant a pour collaborateur fatal l'homme malheureux !

Vous le voyez, messieurs, je le répète en terminant, ce n'est pas seulement à votre générosité que je m'adresse, c'est à votre sagesse, et je vous conjure d'y réfléchir. Messieurs, songez-y, c'est l'anarchie qui ouvre les abîmes, mais c'est la misère qui les creuse. *(C'est vrai ! c'est vrai !)* Vous avez fait des lois contre l'anarchie, faites maintenant des lois contre la misère ! *(Mouvement prolongé sur tous les bancs. – L'orateur descend de la tribune et reçoit les félicitations de ses collègues.)*

Aimé Césaire (né en 1913)

Cahier d'un retour au pays natal (1939), © Éditions Présence Africaine, 1956

Inventeur du mot et du concept de « négritude », le Martiniquais Aimé Césaire chante la colère d'un peuple dépossédé de lui-même depuis des siècles. Dans l'extrait suivant, il éprouve tout à la fois rejet et sympathie pour un pauvre hère, qui le renvoie à son incontournable responsabilité morale.

Et moi, et moi
moi qui chantais le poing dur
Il faut savoir jusqu'où je poussai la lâcheté.
Un soir dans un tramway en face de moi, un nègre[1].

C'était un nègre grand comme un pongo[2] qui essayait de se faire tout petit sur un banc de tramway. Il essayait d'abandonner sur ce banc crasseux de tramway ses jambes gigantesques et ses mains tremblantes de boxeur affamé. Et tout l'avait laissé, le laissait. Son nez qui semblait une péninsule en dérade[3] et sa négritude même qui se décolorait sous l'action d'une inlassable mégie[4]. Et le Mégissier était la misère. Un gros oreillard[5] subit dont les coups de griffes sur ce visage s'étaient cicatrisés en îlots scabieux[6]. Ou plutôt, c'était un ouvrier infatigable, la Misère, travaillant à quelque cartouche[7] hideux. On voyait très bien comment le pouce indus-

1. Le terme se rapporte au concept de négritude défini par l'auteur et n'est en rien péjoratif ici.
2. Singe qui appartient à la famille de l'orang-outan.
3. Action de quitter une rade lorsque la tempête y contraint le navire.
4. Tannage.
5. Se dit d'un animal à longues ou grandes oreilles.
6. Galeux.
7. Ornement en forme de carte destiné à recevoir une inscription, une devise.

trieux et malveillant avait modelé le front en bosse, percé le nez de deux tunnels parallèles et inquiétants, allongé la démesure de la lippe, et par un chef-d'œuvre caricatural, raboté, poli, verni la plus minuscule mignonne oreille de la création. C'était un nègre dégingandé sans rythme ni mesure.

Un nègre dont les yeux roulaient une lassitude sanguinolente. Un nègre sans pudeur et ses orteils ricanaient de façon assez puante au fond de la tanière entrebâillée de ses souliers. La misère, on ne pouvait pas dire, s'était donné un mal fou pour l'achever. Elle avait creusé l'orbite, l'avait fardée d'un fard de poussière et de chassie[1] mêlées.

Elle avait tendu l'espace vide entre l'accrochement solide des mâchoires et les pommettes d'une vieille joue décatie. Elle avait planté dessus les petits pieux luisants d'une barbe de plusieurs jours. Elle avait affolé le cœur, voûté le dos.

Et l'ensemble faisait parfaitement un nègre hideux, un nègre grognon, un nègre mélancolique, un nègre affalé, ses mains réunies en prière sur un bâton noueux. Un nègre enseveli dans une vieille veste élimée. Un nègre comique et laid et des femmes derrière moi ricanaient en le regardant.

Il était COMIQUE et LAID
COMIQUE et LAID pour sûr.
J'arborai un grand sourire complice…
Ma lâcheté retrouvée…

Mon héroïsme, quelle farce !
Cette ville est à ma taille.

Et mon âme est couchée. Comme cette ville dans la crasse et dans la boue couchée. Cette ville, ma face de boue.

Je réclame pour ma face la louange éclatante du crachat.

1. Matière gluante qui s'accumule sous forme desséchée au bas des paupières infectées.

Samuel Beckett (1906-1989)

En attendant Godot, scène d'exposition, © 1952, *by* les Éditions de Minuit

Deux clochards, Vladimir et Estragon, attendent sous un arbre l'improbable venue du mystérieux Godot. Leur vaine faction est à l'image de notre condition humaine : misérable et absurde.

Route à la campagne, avec arbre.

Soir.

Estragon, assis sur une pierre, essaie d'enlever sa chaussure. Il s'y acharne des deux mains, en ahanant. Il s'arrête, à bout de forces, se repose en haletant, recommence. Même jeu.

Entre Vladimir.

ESTRAGON *(renonçant à nouveau).* – Rien à faire.

VLADIMIR *(s'approchant à petits pas raides, les jambes écartées).* – Je commence à le croire. *(Il s'immobilise).* J'ai longtemps résisté à cette pensée, en me disant, Vladimir, sois raisonnable. Tu n'as pas encore tout essayé. Et je reprenais le combat. *(Il se recueille, songeant au combat. À Estragon.)* – Alors, te revoilà, toi.

ESTRAGON. – Tu crois ?

VLADIMIR. – Je suis content de te revoir. Je te croyais parti pour toujours.

Moi aussi.

VLADIMIR. – Que faire pour fêter cette réunion ? *(Il réfléchit.)* Lève-toi que je t'embrasse. *(Il tend la main à Estragon.)*

ESTRAGON *(avec irritation).* – Tout à l'heure, tout à l'heure.

Silence.

VLADIMIR *(froissé, froidement).* – Peut-on savoir où monsieur a passé la nuit ?

ESTRAGON. – Dans un fossé.

VLADIMIR *(épaté)*. – Un fossé ! Où ça ?

ESTRAGON *(sans geste)*. – Par là.

VLADIMIR. – Et on ne t'a pas battu ?

ESTRAGON. – Si… Pas trop.

VLADIMIR. – Toujours les mêmes ?

ESTRAGON. – Les mêmes ? Je ne sais pas.

Silence.

VLADIMIR. – Quand j'y pense… depuis le temps… je me demande… ce que tu serais devenu… sans moi… *(Avec décision.)* Tu ne serais plus qu'un petit tas d'ossements à l'heure qu'il est, pas d'erreur.

ESTRAGON *(piqué au vif)*. – Et après ?

VLADIMIR *(accablé)*. – C'est trop pour un seul homme. *(Un temps. Avec vivacité.)* D'un autre côté, à quoi bon se décourager à présent, voilà ce que je me dis. Il fallait y penser il y a une éternité, vers 1900.

ESTRAGON. – Assez. Aide-moi à enlever cette saloperie.

VLADIMIR. – La main dans la main on se serait jeté en bas de la tour Eiffel, parmi les premiers. On portait beau alors. Maintenant il est trop tard. On ne nous laisserait même pas monter. *(Estragon s'acharne sur sa chaussure.)* Qu'est-ce que tu fais ?

ESTRAGON. – Je me déchausse. Ça ne t'est jamais arrivé, à toi ?

VLADIMIR. – Depuis le temps que je te dis qu'il faut les enlever tous les jours. Tu ferais mieux de m'écouter.

ESTRAGON *(faiblement)*. – Aide-moi !

VLADIMIR. – Tu as mal ?

ESTRAGON. – Mal ! Il me demande si j'ai mal !

VLADIMIR *(avec emportement)*. – Il n'y a jamais que toi qui souffres ! Moi je ne compte pas. Je voudrais pourtant te voir à ma place. Tu m'en dirais des nouvelles.

ESTRAGON. – Tu as eu mal ?

VLADIMIR. – Mal ! Il me demande si j'ai eu mal !

ESTRAGON *(pointant l'index)*. – Ce n'est pas une raison pour ne pas te boutonner.

VLADIMIR *(se penchant)*. – C'est vrai. *(Il se boutonne.)* Pas de laisser-aller dans les petites choses.

ESTRAGON. – Qu'est-ce que tu veux que je te dise, tu attends toujours le dernier moment.

VLADIMIR *(rêveusement)*. – Le dernier moment… *(Il médite.)* C'est long, mais ce sera bon. Qui disait ça ?

ESTRAGON. – Tu ne veux pas m'aider ?

VLADIMIR. – Des fois je me dis que ça vient quand même. Alors je me sens tout drôle. *(Il ôte son chapeau, regarde dedans, y promène sa main, le secoue, le remet.)* Comment dire ? Soulagé et en même temps… *(Il cherche)*… épouvanté. *(Avec emphase.)* É-POU-VAN-TÉ. *(Il ôte à nouveau son chapeau, regarde dedans.)* Ça alors ! *(Il tape dessus comme pour en faire tomber quelque chose, regarde à nouveau dedans, le remet.)* Enfin… *(Estragon, au prix d'un suprême effort, parvient à enlever sa chaussure. Il regarde dedans, y promène sa main, la retourne, la secoue, cherche par terre s'il n'en est pas tombé quelque chose, ne trouve rien, passe sa main à nouveau dans sa chaussure, les yeux vagues.)* – Alors ?

ESTRAGON. – Rien.

VLADIMIR. – Fais voir.

ESTRAGON. – Il n'y a rien à voir.

VLADIMIR. – Essaie de la remettre.

ESTRAGON *(ayant examiné son pied.)* – Je vais le laisser respirer un peu.

VLADIMIR. – Voilà l'homme tout entier, s'en prenant à sa chaussure alors que c'est son pied le coupable.

BIBLIOGRAPHIE

• Œuvres d'Albert Cossery

Toutes ces œuvres sont disponibles aux éditions Joëlle Losfeld.
– *La Maison de la mort certaine*, 1944.
– *Les Fainéants dans la vallée fertile*, roman (1948) et comédie en trois actes (2004).
– *Mendiants et Orgueilleux*, 1955.
– *La Violence et la Dérision*, 1964.
– *Un complot de saltimbanques*, 1975.
– *Une ambition dans le désert*, 1984.
– *Les Couleurs de l'infamie*, 1999.

• Bandes dessinées

– *Mendiants et Orgueilleux*, scénario Cossery, dessin Golo, Casterman, 1991.
– *Les Couleurs de l'infamie*, scénario Cossery, dessin Golo, Dargaud, 2003.
– *L'Association en Égypte*, Baudoin, David B., Golo, J.-C. Menu, L'Association, 1998.

• Études d'ensemble

– *Les Cahiers de Chabramant*, n° 3-4, Le Caire, été 1986 (sur la littérature égyptienne, pp. 133-214).
– *Entre Nil et sable : Écrivains d'Égypte d'expression française* (1920-1960), sous la direction de Marc Kober, CNDP, 1999.

• Sur Albert Cossery

– *Albert Cossery*, dossier réalisé par Nicola Hahn et Safi Khatib pour l'IMA, Centre de documentation, Paris, 2004.
– Irène Feniglio, « Albert Cossery, une recherche d'authenticité », *Les Cahiers de Chabramant*, n° 3-4, été 1986.
– Pierre Gazio, « Le savoir-vivre égyptien d'Albert Cossery », *Entre Nil et sable*, n° 3-4, Le Caire, été 1986.
– Sophie Leys, *L'Égypte de Cossery*, Joëlle Losfeld, 2001 : reportage photographique en noir et blanc, accompagné d'un texte de Cossery.
– Alexie Lorca, « Albert Cossery, l'hôte de la chambre 58 », *Lire*, décembre 1999/janvier 2000.
– Michel Mitrani, *Conversation avec Albert Cossery*, Joëlle Losfeld, 1995.
– Raja Nasrallah, « Albert Cossery, l'homme du macadam », *Arabies*, n° 3, mars 1987.

FILMOGRAPHIE

– Jacques Poitrenaud, *Mendiants et Orgueilleux*, France, fiction, 1971, 90 minutes.
– Samy Pavel, *La Maison de la mémoire* (d'après *La Maison de la mort certaine*), Belgique, fiction, 75 minutes.
– Asma El-Bakri, *Mendiants et Orgueilleux*, France/Égypte, fiction, 1991, 92 minutes.
– Asma El-Bakri, *La Violence et la Dérision*, France/Égypte, fiction, 2004, 90 minutes.

MUSIQUE

Tous les albums d'Oum Kalsoum, véritable star de la chanson égyptienne.

SITE INTERNET

www.afrik.com/dossier159.html
Dossier complet sur les œuvres de Cossery et portrait d'un « prince et esthète de la littérature ».

VISITES

– Institut du monde arabe (IMA)
Collection permanente sur les chefs-d'œuvre artistiques et archéologiques des principaux musées arabes ; expositions temporaires.
1, rue des Fossés-Saint-Bernard, place Mohammed-V, 75005 Paris
Tél. : 01 40 51 38 38
Ouvert tous les jours (sauf lundi) de 10 h à 18 h ; nocturne le jeudi pour les expositions (21 h 30).
– Mosquée de Paris
2 bis, place du Puits-de-l'Ermite, 75005 Paris
Tél. : 01 45 35 97 33

Couverture
Conception graphique : Marie-Astrid Bailly-Maître
Adaptation et choix iconographique : Cécile Gallou
Illustration : Olivier Marboeuf

Intérieur
Conception graphique : Marie-Astrid Bailly-Maître
Édition : Célia Michel
Réalisation : Nord Compo, Villeneuve-d'Ascq

Aux termes du Code de la propriété intellectuelle, « toute reproduction ou représentation intégrale ou partielle de la présente publication, faite par quelque procédé que ce soit (reprographie, microfilmage, scannérisation, numérisation...) sans le consentement de l'auteur ou de ses ayants droit ou ayants cause, est illicite et constitue une contrefaçon sanctionnée par les articles L. 335-2 et suivants du Code de la propriété intellectuelle ».
L'autorisation d'effectuer des reproductions par reprographie doit être obtenue auprès du Centre français d'exploitation du droit de copie (C.F.C.) – 20, rue des Grands-Augustins – 75006 PARIS – Tél. : 01 44 07 47 70 – Fax : 01 46 34 67 19.

IMPRIM'VERT
Votre imprimeur agit pour l'environnement

Achevé d'imprimer en octobre 2012
par «La Tipografica Varese S.p.A.»
N° éditeur : 2011-2813
Dépôt légal : octobre 2012

Certifié PEFC
Ce produit est issu de forêts gérées durablement et de sources contrôlées
PEFC
PEFC/18-31-264
www.pefc-france.org